U0088070

QR Code
じっさいにつかう
超百搭
實用
日語會話
●便攜
●好學
●實用
気にしないで

國家圖書館出版品預行編目資料

超百搭實用日語會話 / 雅典日研所企編--
初版. -- 新北市 : 雅典文化,
民111.10　面 ;　公分. -- (全民學日語 ; 69)
ISBN 978-626-95952-8-0(平裝)
1.CST: 日語 2.CST: 會話
803.188　　111011768

全民學日語系列 69

超百搭實用日語會話

企編／雅典日研所
責任編輯／許惠萍
內文排版／鄭孝儀
封面設計／林鈺恆

掃描填回函
好書隨時抽

法律顧問：方圓法律事務所／涂成樞律師

總經銷：永續圖書有限公司
永續圖書線上購物網
www.foreverbooks.com.tw

出版日／2022年10月

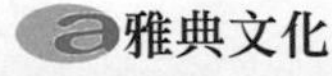

出版社
22103　新北市汐止區大同路三段194號9樓之1
TEL　(02) 8647-3663
FAX　(02) 8647-3660

いかがですか? 025
i.ka.ga.de.su.ka.
如何呢?

他(ほか)にありませんか? 026
ho.ka.ni.a.ri.ma.se.n.ka.
還有其他的嗎?

これは何(なん)ですか? 027
ko.re.wa./na.n.de.su.ka.
這是什麼?

どうでもいい。 028
do.u.de.mo.i.i.
隨便!

本気(ほんき)ですか? 029
ho.n.ki.de.su.ka.
你是認真的嗎?

自業自得(じごうじとく)だ! 030
ji.go.u.ji.to.ku.da.
自作自受!

分(わ)かりました。 031
wa.ka.ri.ma.shi.ta.
我知道了。

わかりにくい。 032
wa.ka.ri.ni.ku.i.
真難懂!

うんざりだ。 033
u.n.za.ri.da.
我對它感到很厭煩了。

静(しず)かにしてください。..034
shi.zu.ka.ni.shi.te.ku.da.sa.i.
請安靜!

じゃ、また。 035
ja.ma.ta.
下次見。

落(お)ち着(つ)いて。 036
o.chi.tsu.i.te.
冷靜下來。

元気(げんき)を出(だ)して。 037
ge.n.ki.o.da.shi.te.
打起精神來!

ところで。 038
to.ko.ro.de.
對了。

おめでとう! 039
o.me.de.to.u.
恭喜!

お手伝(てつだ)いしましょうか?
.... 040
o.te.tsu.da.i.shi.ma.sho.u.ka.
需要我效勞嗎?

結構（けっこう）です。 041
ke.kko.u.de.su.
不必麻煩！

ばかにするな! 042
ba.ka.ni.su.ru.na.
別看不起人！

どういたしまして。...... 043
do.u.i.ta.shi.ma.shi.te.
不客氣。

気（き）にしないで。........... 044
ki.ni.shi.na.i.de.
不要在意。

心配（しんぱい）しないで。...........045
shi.n.pa.i.shi.na.i.de.
不用擔心！

早（はや）く! 046
ha.ya.ku.
快一點！

かっこいい! 047
ka.kko.i.i.
真酷！／很帥。

お願（ねが）いします。............048
o.ne.ga.i.shi.ma.su.
拜託你了。

もういい! 049
mo.u.i.i.
夠了！

動（うご）くな! 050
u.go.ku.na.
別動！

いくらですか? 051
i.ku.ra.de.su.ka.
多少錢？

どうしたんですか? 052
do.u.shi.ta.n.de.su.ka.
怎麼了？

最近（さいきん）はどうでしたか?
.... 053
sa.i.ki.n.wa./do.u.de.shi.ta.ka.
近來如何？

私（わたし）もそう思（おも）う。............054
wa.ta.shi.mo.so.u.o.mo.u.
我也這麼覺得。

うまくいかない。......... 055
u.ma.ku.i.ka.na.i.
進行得不順利。

ふざけんな! 056
fu.za.ke.n.na.
別開玩笑了！

さあ。 057
sa.a.
我不知道。

手が離せない。 058
te.ga.ha.na.se.na.i.
正在忙。

多分 059
ta.bu.n.
也許。

ありえない! 060
a.ri.e.na.i.
不可能的事。

仕方がないなあ。 061
shi.ka.ta.ga./na.i.na.a.
沒辦法了。

そろそろです。 062
so.ro.so.ro.de.su.
時間差不多了。

頑張ります。 063
ga.n.ba.ri.ma.su.
我會盡力的！

やってみます。 064
ya.tte.mi.ma.su.
我會試試看。

そうだよ。 065
so.u.da.yo.
就是說啊！

いろいろね。 066
i.ro.i.ro.ne.
說來話長。

余裕だ。 067
yo.yu.u.da.
太容易了。

わたしのせいです。 068
wa.ta.shi.no.se.i.de.su.
這都是我的錯。

きっと大丈夫です。 069
ki.tto.da.i.jo.u.bu.de.su.
一定沒問題。

それで? 070
so.re.de.
然後呢？/那又怎樣？

気にしていない。 071
ki.ni.shi.te.i.na.i.
我不在意。

どうして? 072
do.u.shi.te.
為什麼？

大きなお世話だ! 073
o.o.ki.na.o.se.wa.da.
你少管閒事！

何かお困りですか? ... 074
na.ni.ka./o.ko.ma.ri.de.su.ka.
有什麼問題嗎？

残念です。................ 075
za.n.ne.n.de.su.
太可惜了！

よくやったよ。............ 076
yo.ku.ya.tta.yo.
你做得很好。

どうだろうなあ。......... 077
do.u.da.ro.u.na.a
是嗎？

ちょっといいですか? .. 078
cho.tto.i.i.de.su.ka.
可以佔用你一點時間嗎？

考えとく。..................079
ka.n.ga.e.to.ku.
我想想。

はっきり言って。..........080
ha.kki.ri.i.tte.
有話就直説。

ほら。.......................... 081
ho.ra.
你看！

楽しみです。...............082
ta.no.shi.mi.de.su.
我很期待這件事。

どうりで。.................... 083
do.u.ri.de.
難怪。

伝言をお願いできますか?
.... 084
de.n.go.n.o./o.ne.ga.i./de.ki.ma.su.ka.
我可以留言嗎？

いらっしゃいますか? ...085
i.ra.ssha.i.ma.su.ka.
請問…在嗎？

よろしくお願いします。
.... 086
yo.ro.shi.ku./o.ne.ga.i.shi.ma.su.
請多指教。

まあまあです。............087
ma.a.ma.a.de.su.
普普通通。

相変わらず。(あいか) 088
a.i.ka.wa.ra.zu.
老樣子。

もうたくさんだ。.......... 089
mo.u.ta.ku.sa.n.da.
夠了！。

恥ずかしい。(は) 090
ha.zu.ka.shi.i.
真丟臉！

焦るな。(あせ) 091
a.se.ru.na.
不要急。

初耳だ。(はつみみ) 092
ha.tsu.mi.mi.da.
第一次聽説。

もうおしまいだ! 093
mo.u.o.shi.ma.i.da.
一切都完了！

何も言えません。(なに い) 094
ni.ni.mo.i.e.ma.se.n.
我能説什麼？

どう思いますか? (おも) 095
do.u.o.mo.i.ma.su.ka.
你覺得如何呢？

何を考えてますか? (なに かんが) ...096
na.ni.o./ka.n.ga.e.te.ma.su.ka.
你在想什麼呢？

お元気ですか? (げんき) 097
o.ge.n.ki.de.su.ka.
近來如何？

急いで。(いそ) 098
i.so.i.de.
快一點！

どこへ行きますか? (い) 099
do.ko.e./i.ki.ma.su.ka.
你要去哪裡？

なんて言うのかなあ。(い)
.... 100
na.n.te.i.u.no.ka.na.a.
該怎麼説？

最低! (さいてい) 101
sa.i.te.i.
真可惡！

教えてください。(おし) 102
o.shi.e.te.ku.da.sa.i.
請告訴我。

違います。(ちが) 103
chi.ga.i.ma.su.
你誤會我了。/錯了。

好きにしなさい。 104
su.ki.ni.shi.na.sa.i.
隨你便。

約束する。 105
ya.ku.so.ku.su.ru.
我向你保證。

びっくりしました。 106
bi.kku.ri.shi.ma.shi.ta.
你嚇到我了。

だめ! 107
da.me.
絕對不可以。

おかしいなあ。 108
o.ka.shi.i.na.a.
真奇怪。

ちょっと。 109
cho.tto.
有一點。

この間はどうも。 110
ko.no.a.i.da.wa./do.u.mo.
上次謝謝你。

少々お待ちください。.111
sho.u.sho.u./o.ma.chi.ku.da.sa.i.
等一下。

ついてる。 112
tsu.i.te.i.ru.
真走運！

お任せください。 113
o.ma.ka.se./ku.da.sa.i.
交給我吧！

こんにちは 114
ko.n.ni.chi.wa
你好。

すみません。 115
su.mi.ma.se.n.
不好意思。／謝謝。

おはよう。 116
o.ha.yo.u.
早安

おやすみ。 117
o.ya.su.mi.
晚安。

ありがとう。 118
a.ri.ga.to.u.
謝謝。

ごめん。 119
go.me.n.
對不起。

いただきます。............120
i.ta.da.ki.ma.su.
開動了。

行ってきます。............121
i.tte.ki.ma.su.
我要出門了。

行ってらっしゃい。.......122
i.tte.ra.ssha.i.
請慢走。

ただいま。..................123
ta.da.i.ma.
我回來了。

お帰り。.......................124
o.ka.e.ri.
歡迎回來。

お疲れ様。.................125
o.tsu.ka.re.sa.ma.
辛苦了。

いらっしゃい。..............126
i.ra.ssha.i.
歡迎。

どうぞ。.......................127
do.u.so.
請。

どうも。..........................128
do.u.mo.
你好。／謝謝。

もしもし。.......................129
mo.shi.mo.shi.
喂。

よい一日を。.................130
yo.i.i.chi.ni.chi.o.
祝你有美好的一天。

お久しぶりです。..........131
o.hi.sa.shi.bu.ri.de.su.
好久不見。

さよなら。......................132
sa.yo.na.ra.
再會。

失礼します。..................133
shi.tsu.re.i.shi.ma.su.
再見。／抱歉。

お大事に。....................134
o.da.i.ji.ni.
請保重身體。

申し訳ありません。.......135
mo.u.shi.wa.ke.a.ri.ma.se.n.
深感抱歉。

迷惑(めいわく)をかける。............136
me.i.wa.ku.o.ka.ke.ru.
造成困擾。

どうもご親切(しんせつ)に。........ 137
do.u.mo./go.shi.n.se.tsu.ni.
謝謝你的好意。

恐(おそ)れ入(い)ります。........... 138
o.so.re.i.ri.ma.su.
抱歉。／不好意思。

お世話(せわ)になりました。. 139
o.se.wa.ni.na.ri.ma.shi.ta.
受您照顧了。

遠慮(えんりょ)しないで。...........140
e.n.ryo.u.shi.na.i.de.
不用客氣。

お待(ま)たせ。...................141
o.ma.ta.se.
久等了。

とんでもない。............142
to.n.de.mo.na.i.
哪兒的話。／太不合情理了啦！

せっかく。.................... 143
se.kka.ku.
難得。

おかげで。.................. 144
o.ka.ge.de.
託福。

やった! 145
ya.tta.
太棒了！

よかった。................... 146
yo.ka.tta.
還好。／好險。

最高(さいこう)。......................... 147
sa.i.ko.u.
超級棒。／最好的。

素晴(すば)らしい! 148
su.ba.ra.shi.i.
真棒！／很好！

当(あ)たった。...................149
a.ta.tta.
中了。

ラッキー! 150
ra.kki.i.
真幸運。

ほっとした。.................151
ho.tto.shi.ta.
鬆了一口氣。

楽(たの)しかった。……152
ta.no.shi.ka.tta.
真開心。

あった。……153
a.tta.
有了！

いいアイデアだ。……154
i.i.a.i.de.a.da.
真是個好主意。

うるさい。……155
u.ru.sa.i.
很吵。

関係(かんけい)ない。……156
ka.n.ke.i.na.i.
不相關。

いい気味(きみ)だ。……157
i.i.ki.mi.da.
活該。

意地悪(いじわる)。……158
i.ji.wa.ru.
捉弄。／壞心眼。

ずるい……159
zu.ru.i.
真奸詐。／真狡猾。

つまらない。……160
tsu.ma.ra.na.i.
真無趣。

変(へん)だね。……161
he.n.da.ne.
真奇怪。

嘘(うそ)つき。……162
u.so.tsu.ki.
騙子。

損(そん)した。……163
so.n.shi.ta.
虧大了。

がっかり。……164
ga.kka.ri.
真失望。

ショック。……165
sho.kku.
受到打擊。

まいった。……166
ma.i.tta.
甘拜下風。／敗給你了。

仕方(しかた)がない。……167
shi.ka.ta.ga.na.i.
沒辦法。

嫌(いや)。……168
i.ya.
不要。／討厭。

無理(むり)。……169
mu.ri.
不可能。

面倒(めんどう)。……170
me.n.do.u.
麻煩。

大変(たいへん)。……171
ta.i.he.n.
真糟。／難為你了。

足(た)りない。……172
ta.ri.na.i.
不夠。

痛(いた)い。……173
i.ta.i.
真痛。

バカ。……174
ba.ka.
笨蛋。

なんだ。……175
na.n.da.
什麼嘛！

しまった。……176
shi.ma.tta.
糟了！

別(べつ)に。……177
be.tsu.ni.
沒什麼。／不在乎。

どいて。……178
do.i.te.
讓開！

誤解(ごかい)しないで。……179
go.ka.i.shi.na.i.de
別誤會。

まったく。……180
ma.tta.ku.
真是的！

けち。……181
ke.chi.
小氣。

もう飽(あ)きた。……182
mo.u.a.ki.ta.
膩了。

からかわないで。……183
ka.ra.ka.wa.na.i.de.
別嘲笑我。

勘弁してよ。 184
ka.n.be.n.shi.te.yo.
饒了我吧！

うんざり。 185
u.n.za.ri.
感到厭煩。

おしゃべり。 186
o.sha.be.ri.
大嘴巴！

びびるな。 187
bi.bi.ru.na.
不要害怕。

理屈。 188
ri.ku.tsu.
理由。／強詞奪理。

遅い。 189
o.so.i.
遲了。／真慢。

終わりだ。 190
o.wa.ri.da.
結束。／完了。

かわいそう。 191
ka.wa.i.so.u.
真可憐。

したい。 192
shi.ta.i.
想做。

食べたい。 193
ta.be.ta.i.
想吃。

なんとか。 194
na.n.to.ka.
總會。／什麼。

人違いでした。 195
hi.to.chi.ga.i.de.shi.ta.
認錯人了。

一緒に食事しましょうか？ 196
i.ssho.ni./sho.ku.ji.shi.ma.sho.u.ka.
要不要一起吃飯？

割り勘にしようよ。 197
wa.ri.ka.n.ni.shi.yo.u.yo.
各付各的吧！

わたしが払います。 198
wa.ta.shi.ga./ha.ra.i.ma.su.
我請客！

わたしがおごる。 199
wa.ta.shi.ga.o.go.ru.
我請客吧！

大(たい)したもの。............... 200
ta.i.shi.ta.mo.no.
了不起。／重要的。

お腹(なか)がすいた。.......... 201
o.na.ka.ga.su.i.ta.
肚子餓。

知(し)ってる。.................. 202
shi.tte.ru.
知道。

次(つぎ)の機会(きかい)にしよう。.... 203
tsu.gi.no./ki.ka.i.ni.shi.yo.u.
下次吧！

秘密(ひみつ)。......................... 204
hi.mi.tsu.
祕密。

わたしの負(ま)け。........... 205
wa.ta.shi.no.ma.ke.
我認輸。

ずっと応援(おうえん)するよ。.....206
zu.tto./o.u.e.n.su.ru.yo.
我支持你。

話中(はなしちゅう)です。................ 207
ha.na.shi.chu.u.de.su.
通話中。

いい。......................... 208
i.i.
好。／好的。

待(ま)ち遠(どお)しい。............... 209
ma.chi.do.o.shi.i.
迫不及待。

苦手(にがて)。......................... 210
ni.ga.te.
不喜歡。／不擅長。

よくない。.................... 211
yo.ku.na.i.
不太好。

できない。...................212
de.ki.na.i.
辦不到。

面白(おもしろ)そうです。........... 213
o.mo.shi.ro.so.u.de.su.
好像很有趣。

好(す)きです。.................. 214
su.ki.de.su.
喜歡。

嫌(きら)いです。.................. 215
ki.ra.i.de.su.
不喜歡。

うまい。 216
u.ma.i.
好吃。／很厲害。

上手。 217
jo.u.zu.
很拿手。

下手。 218
he.ta.
不擅長。／笨拙。

言いにくい。 219
i.i.ni.ku.i.
難以啟齒。

分かりやすい。 220
wa.ka.ri.ya.su.i.
很容易懂。

気に入って。 221
ki.ni.i.tte.
很中意。

しないで。 222
shi.na.i.de.
不要這做樣做。

時間ですよ。 223
ji.ka.n.de.su.yo.
時間到了。

案内。 224
a.n.na.i.
介紹。

友達でいよう。 225
to.mo.da.chi.de.i.yo.u.
當朋友就好。

危ない! 226
ba.bu.na.i.
危險！／小心！

やめて。 227
ya.me.te.
停止。

しなさい。 228
shi.na.sa.i.
請做。

ちゃんと。 229
cha.n.to.
好好的。

考えすぎないほうがいいよ。 230
ka.n.ga.e.su.gi.na.i./ho.u.ga.i.i.yo.
別想太多比較好。

やってみない? 231
ya.tte.mi.na.i.
要不要試試？

あげる。...................... 232
a.ge.ru.
給你。

出して。...................... 233
da.shi.te.
提出。／拿出。

お願い。...................... 234
o.ne.ga.i.
拜託。

手伝って。................. 235
te.tsu.da.tte.
幫幫我。

許してください。......... 236
yu.ru.shi.te./ku.da.sa.i.
請原諒我。

来てください。............ 237
ki.te.ku.da.sa.i.
請過來。

もう一度。.................. 238
mo.u.i.chi.do.
再一次。

いただけませんか？... 239
i.ta.da.ke.ma.se.n.ka.
可以嗎？

ちょうだい。................ 240
cho.u.da.i.
給我。

もらえませんか？........ 241
mo.ra.e.ma.se.n.ka.
可以嗎？

意外です。................ 242
i.ga.i.de.su.
出乎意料。

くれない？.................. 243
ku.re.na.i.
可以嗎？／可以給我嗎？

考えて。..................... 244
ka.n.ga.e.te.
想一下。

それもそうだ。............ 245
so.re.mo.so.u.da.
說得也對。

えっと。....................... 246
e.tto.
呃…。

そうかも。.................... 247
so.u.ka.mo.
也許是這樣。

つまり。........................248
tsu.ma.ri.
也就是説。

だって。........................249
da.tte.
但是。

確(たし)か。........................250
ta.shi.ka.
的確。

わたしも。...................251
wa.ta.shi.mo.
我也是。

賛成(さんせい)。........................252
sa.n.se.i.
贊成。

とにかく。...................253
to.ni.ka.ku.
總之。

いつも。........................254
i.tsu.mo.
一直。

なんか。........................255
na.n.ka.
之類的。

いいと思(おも)う。................256
i.i.to.o.mo.u.
我覺得可以。

そうとは思(おも)わない。.....257
so.u.to.wa./o.mo.wa.na.i.
我不這麼認為。

で。............................258
de.
那麼。

それにしても。............259
so.re.ni.shi.te.mo.
即使如此。

さっそく。.....................260
sa.sso.ku.
趕緊。

この頃(ごろ)。.....................261
ko.no.go.ro.
最近。

はい。..........................262
ha.i.
好。／是。

いいえ。.....................263
i.i.e.
不好。／不是。

もうすぐ。......264
mo.u.su.gu.
就快到了。／馬上就要到了。

すごい。......265
su.go.i.
真厲害。

まさか。......266
ma.sa.ka.
怎麼可能。／萬一。

不思議(ふしぎ)だ。......267
fu.shi.gi.da.
不可思議。

そうだ。......268
so.u.da.
對了。／就是說啊。

そんなことない。......269
so.n.na.ko.to.na.i.
沒這回事。

こちらこそ。......270
ko.chi.ra.ko.so.
彼此彼此。

あれっ?......271
a.re.
咦？

さすが。......272
sa.su.ga.
真不愧是。

へえ。......273
he.e.
哇！／欸。

なるほど。......274
na.ru.ho.do.
原來如此。

もちろん。......275
mo.chi.ro.n.
當然。

今度(こんど)。......276
ko.n.do.
這次。／下次。

それから。......277
so.re.ka.ra.
然後。

やはり。......278
ya.ha.ri.
果然。

絶対(ぜったい)。......279
ze.tta.i.
一定。

あいづち　う
相槌を打つ。..............280
a.i.zu.chi.o./u.tsu.
答腔。

あさめしまえ
朝飯前。.....................281
a.sa.me.shi.ma.e.
輕而易舉。

あし　い　ぱ
足を引っ張る。...........282
a.shi.o./hi.ppa.ru.
扯後腿。

あぶら　う
油を売る。................ 283
a.bu.ra./o./u.ru.
繞到別的地方。

いき　ころ
息を殺す。..................284
i.ki.o./ko.ro.su.
摒氣凝神。

いち　ばち
一か八か。................ 285
i.chi.ka./ba.chi.ka.
聽天由命。／碰運氣。

う　ご　たけのこ
雨後の筍。.................286
u.go.no.ta.ke.no.ko.
雨後春筍。

うわ　そら
上の空。.....................287
u.wa.no.so.ra.
心不在焉。

おや
親のすねをかじる。....288
o.ya.no.su.ne.o./ka.ji.ru.
靠父母生活。

か　ねこ
借りてきた猫。............289
ka.ri.te.ki.ta.ne.ko.
格外的安份守己。

き
気がおけない。.......... 290
ki.ga.o.ke.na.i.
不用拘束。

き　き
気が気でない。..........291
ki.ga.ki.de.na.i.
擔心得坐立難安。

きも
肝をつぶす。............. 292
ki.mo.o.tsu.bu.su.
嚇破膽。

くち　かる
口が軽い。................ 293
ku.chi.ga.ka.ru.i.
大嘴巴。

こころ　おに
心を鬼にする。...........294
ko.ko.ro.o./o.ni.ni.su.ru.
狠下心。

ゴマをする。............. 295
go.ma.o.su.ru.
拍馬屁。

しのぎを削る。........... 296
shi.no.gi.o.ke.zu.ru.
競爭激烈。

郷に入っては郷に従え。................................... 297
go.u.ni.i.tte.wa./go.u.ni.shi.ta.ga.e.
入境隨俗。

太鼓判を押す。..........299
ta.i.ko.ba.n.o./o.su.
絕對沒錯。

台無しにする。........... 300
da.i.na.shi.ni.su.ru.
斷送了。／糟蹋了。

高をくくる。................301
ta.ka.o.ku.ku.ru.
輕忽。

竹を割ったよう。.........302
ta.ke.o./wa.tta.yo.u.
爽快不拘小節。

棚に上げる。............. 303
ta.na.ni.a.ge.ru.
避重就輕。

玉にきず。................. 304
ta.ma.ni.ki.zu.
美中不足。

嘘つきは泥棒の始まり。.................................. 305
u.so.tsu.ki.wa./do.ro.bo.u.no./ha.ji.ma.ri.
說謊是當賊的開始。

親の心子知らず。...... 306
o.ya.no.ko.ko.ro./ko.shi.ra.zu.
子女不懂父母苦心。

手を抜く。..................307
te.o.nu.ku.
偷懶。

峠を越す。................ 308
to.u.ge.o.ko.su.
過了高峰。／渡過危險。

長い目で見る。..........309
+na.ga.i.me.de.mi.ru.
長遠看來。

猫の手も借りたい。....310
ne.ko.no.te.mo./ka.ri.ta.i.
忙得不得了。

根も葉もない。........... 311
ne.mo.ha.mo.na.i.
無憑無據。

歯が立たない。..........312
ha.ga.ta.ta.na.i.
無法抗衡。

話に花が咲く。.......... 313
ha.na.shi.ni./ha.na.ga.sa.ku.
聊得起勁。

鼻が高い。................ 314
ha.na.ga.ta.ka.i.
引以為傲。

羽を伸ばす。..............315
ha.ne.o.no.ba.su.
自由自在。

はらわたが煮えくり返る。
.... 316
ha.ra.wa.ta.ga./ni.e.ku.ri.ka.e.ru.
火大。

膝を交える。............. 317
hi.za.o./ma.ji.e.ru.
促膝長談。

火の消えたよう。........318
hi.no.ki.e.ta.yo.u.
變得安靜。

百も承知。................ 319
hya.ku.mo.sho.u.chi.
完全了解。

ふいになる。..............320
fu.i.ni.na.ru.
努力卻落空。

腑に落ちない。...........321
fu.ni.o.chi.na.i.
不能認同。

へそを曲げる。...........322
he.so.o.ma.ge.ru.
鬧脾氣。

ほおが落ちる。...........323
ho.o.ga.o.chi.ru.
好吃得不得了。

骨が折れる。..............324
ho.ne.ga.o.re.ru.
十分辛苦。

眉をひそめる。...........325
ma.yu.o./hi.so.me.ru.
皺眉。

水に流す。.................326
mi.zu.ni.na.ga.su.
一筆勾銷。

みもふたもない。........327
mi.mo.fu.ta.mo.na.i.
直接了當。

誰ですか？................ 328
da.re.de.su.ka.
是誰？

どこですか？ 329
do.ko.de.su.ka.
在哪裡？

どうやって？ 330
do.u.ya.tte.
該怎麼做？／如何做？

何（なに）？ 331
na.ni.
什麼？

いつですか？ 332
i.tsu.de.su.ka.
什麼時候？

track 005

いかがですか？

i.ka.ga.de.su.ka.

如何呢？

說明

要禮貌的詢問對方是否需要某樣東西時，可以用「いかがですか？」這句話來表示。在飛機或是餐廳裡，經常會聽到服務員用到這句話。

類句

よろしいでしょうか？

yo.ro.shi.i.de.sho.u.ka.

要不要呢？

會話

A お飲(の)み物(もの)はいかがですか？

o.no.mi.mo.no.wa./i.ka.ga.de.su.ka.

要不要來點飲料呢？

B はい、コーヒーください。

ha.i./ko.o.hi.i./ku.da.sa.i.

好的，請給我一杯咖啡。

▶ 他(ほか)にありませんか？

ho.ka.ni.a.ri.ma.se.n.ka.

還有其他的嗎？

說明

選購商品時，若是不滿意店員推薦的品目，想要詢問是否還有其他不同的選擇時，可以用這句話來問對方是否可以提供更多的選擇。

會話

A 他(ほか)にありませんか？

ho.ka.ni.a.ri.ma.se.n.ka.

還有其他的選擇嗎？

B こちらピンクのはいかがですか？

ko.chi.ra.pi.n.ku.no.wa./i.ka.ga.de.su.ka.

這件粉紅色的怎樣呢？

例句

例 似(に)たようなデザイン、他(ほか)にありませんか？

ni.ta.yo.u.na.de.za.i.n./ho.ka.ni.a.ri.ma.se.n.ka.

類似的設計，還有其他的嗎？

● track 006

▶ これは何(なん)ですか？

ko.re.wa./na.n.de.su.ka.

這是什麼？

說 明

看到新奇的事物，或是對陌生事物持有疑問時，可以用「これは何ですか？」來詢問眼前的是什麼東西。

會 話

Ⓐ これは何(なん)ですか？

ko.re.wa./na.n.de.su.ka.

這是什麼？

Ⓑ ショートケーキです。

sho.o.to.ke.e.ki.de.su.

這是草莓蛋糕。

Ⓐ じゃ。一(ひと)つください。

ja./hi.to.tsu.ku.da.sa.i.

這樣啊。請給我一份。

track 007

▸ どうでもいい。

do.u.de.mo.i.i.

隨便！

說明

說這句話時要注意說話的口氣，一般是用在覺得對方說的話無關緊要，或是表示漠不關心的時候，就會用不屑的口氣說「どうでもいい」，以表達自己的不耐煩。

類句

気(き)にするものか！

ki.ni.su.ru.mo.no.ka.

我不在意！

それで？

so.re.de.

那又怎麼樣？

例句

例 そんなもの、どうでもいいよ。

so.n.na.mo.no./do.u.de.mo.i.i.yo.

這種東西，隨便怎樣都好吧。

● track 007

▶ 本気(ほんき)ですか？

ho.n.ki.de.su.ka.

你是認真的嗎？

說　明

聽到對方的話，不確定對方說的是真的還是假的時，會用這句話來問對方是不是認真的。

類　句

冗談(じょうだん)でしょう？

jo.u.da.n.de.sho.u.

開玩笑的吧？

うそだろう？

u.so.da.ro.u.

你在說謊吧？

會　話

Ⓐ 加奈(かな)ちゃんと結婚(けっこん)します。

ka.na.cha.n.to.ke.kko.n.shi.ma.su.

我要和加奈結婚。

Ⓑ えっ、本気(ほんき)ですか？

e./ho.n.ki.de.su.ka.

你對這件事是認真的嗎？

▶ 自業自得(じごうじとく)だ！

ji.go.u.ji.to.ku.da.

自作自受！

說明

因為錯誤的決定或想法，而造成了無法挽回的結果時，就會用這句話來表示「自作自受」，通常用在責備別人。

類句

いい気味(きみ)だ！

i.i.ki.mi.da.

活該！

會話

Ⓐ 課長(かちょう)に叱(しか)られた、ショック！

ka.cho.u.ni.shi.ka.ra.re.ta./sho.kku.

我被課長罵了，真受傷！

Ⓑ それは自業自得(じごうじとく)だろう！

so.re.wa./ji.go.u.ji.to.ku.da.ro.u.

那是你自作自受！

track 008

▶ 分(わ)かりました。

wa.ka.ri.ma.shi.ta.

我知道了。

說明

聽完了對方的指示、要求或是說明之後，表示了解對方所要表達的意思，就可以用這句來說自己已經完全明白了。

類句

了解(りょうかい)です。

ryo.u.ka.i.de.su.

我了解。

會話

Ⓐ 明日(あした)の九時(くじ)までに出(だ)してください。

a.shi.ta.no.ku.ji.ma.de.ni./da.shi.te.ku.da.sa.i.

明天九點之前要交。

Ⓑ はい、分(わ)かりました。

ha.i./wa.ka.ri.ma.shi.ta.

好的，我知道了。

▶ わかりにくい。

wa.ka.ri.ni.ku.i.

真難懂！

說明

當事情超出了自己的理解範圍，或是要耗費很多的時間思考才可以弄懂來龍去脈時，就可以用這句話來表示這件事實在是太難懂了。

類句

わかりづらい.

wa.ka.ri.zu.ra.i.

難以理解。

ややこしい.

ya.ya.ko.shi.i.

真複雜！

例句

例 分(わ)かりにくいなあ。

wa.ka.ri.ni.ku.i.na.a.

好難懂啊！

track 009

▶うんざりだ。

u.n.za.ri.da.

我對它感到很厭煩了。

說　明

對事物或是人感到厭煩的時候，可以用這句話來表示自己的不耐煩及煩躁。

類　句

むかつく。

mu.ka.tsu.ku.

真火大！

例　句

例 日本語(にほんご)なんて、もううんざりだ。

ni.ho.n.go.na.n.te./mo.u.u.n.za.ri.da.

我對日語已經感到厭煩了！

例 うんざりしてきた。

u.n.za.ri.shi.te.ki.ta.

感到厭煩了。

▶ 静(しず)かにしてください。

shi.zu.ka.ni.shi.te.ku.da.sa.i.

請安靜！

說　明

覺得別人太吵了，或是發出的聲響太大聲的時候，這句話可以用來委婉請求對方降低音量。若是在課堂上學生太吵的時候，老師也會用這句話來要求學生保持安靜。

類　句

黙(だま)って。

da.ma.tte.

閉嘴！

うるさいです！

u.ru.sa.i.de.su.

太吵了！

例　句

例 皆(みな)、もう午前二時(ごぜんにじ)ですよ。静(しず)かにしてください。

mi.na./mo.u.go.ze.n.ni.ji.de.su.yo./shi.zu.ka.ni.shi.te.ku.da.sa.i.

已經半夜兩點了，請大家安靜。

• track 010

▶ じゃ、また。

ja.ma.ta.

下次見。

說 明

通常和常見面的朋友說再見時，不會說「さよなら」，而是說「じゃ、また」來表示「下次再見」的意思。

類 句

じゃね。

ja.ne.

再見。

またあとで。

ma.ta.a.to.de.

待會見。

會 話

Ⓐ じゃ、またね。

ja./ma.ta.ne.

下次見。

Ⓑ では、また来週(らいしゅう)。

de.wa./ma.ta.ra.i.shu.u.

那麼，下週見。

▶落ち着いて。

o.chi.tsu.i.te.

冷靜下來。

說明

看到對方氣呼呼的，或者是靜不下來時，可以用這句話來請對方冷靜下來。另外，請人安分的坐好，不要動來動去時，也可以用這句話來表示。

會話

Ⓐ あの人にむかつく！

a.no.hi.to.ni.mu.ka.tsu.ku.

那個人真令我火大！

Ⓑ 落ち着いて、どうしたの？

o.chi.tsu.i.te./do.u.shi.ta.no.

冷靜下來，怎麼了嗎？

例句

例 落ち着いてください。

o.chi.tsu.i.te.ku.da.sa.i.

請冷靜一下！

例 落ち着きなさい。.

o.chi.tsu.ki.na.sa.i.

請安靜下來。

• track 011

▶ 元気を出して。

ge.n.ki.o.da.shi.te.

打起精神來！

說 明

想要為對方打氣時，可以用這句話來請對方打起精神。

類 句

きっと大丈夫だよ。

ki.tto.da.i.jo.u.bu.da.yo.

一定沒問題的。

胸を張って。

mu.ne.o.ha.tte.

拿出自信來。

例 句

例 皆、元気を出して一緒に頑張りましょう！

mi.na./ge.n.ki.o.da.shi.te./i.ssho.ni.ga.n.ba.ri.ma.sho.u.

打起精神，大家一起努力吧！

例 元気を出してください。

ge.n.ki.o.da.shi.te.ku.da.sa.i.

請打起精神。

track 012

▶ところで。

to.ko.ro.de.

對了。

說　明

進行對話時，想要轉換話題，或是當話題告一段落，想到別的事情要說的時候，就用「ところで」這句話來當作話題的轉折，以便開啟新的話題。

類　句

さて。

sa.te.

那麼。

そんなことより。

so.n.na.ko.to.yo.ri.

比起這件事。(還有別的事更重要)

例　句

例 ところで、水井商社(みずいしょうしゃ)の件(けん)、もうできましたか？

to.ko.ro.de./mi.zu.i.sho.u.sha.no.ke.n./mo.u.de.ki.ma.shi.ta.ka.

對了，水井公司的案子完成了嗎？

● track 012

▶ おめでとう！

o.me.de.to.u.

恭喜！

說　明

遇到值得慶祝的事情時，可以用這句話來表示祝福之意。若是對長輩時，要用較禮貌的「おめでとうございます」。

會　話

Ⓐ 東京大学に合格しました！

to.u.kyo.u.da.i.ga.ku.ni./go.u.ka.ku.shi.ma.shi.ta.

我考上東京大學了！

Ⓑ 本当ですか？おめでとう！

ho.n.to.u.de.su.ka./o.me.de.to.o.

真的嗎？恭喜你了。

例　句

例 お誕生日おめでとうございます。

o.ta.n.jo.u.bi./o.me.de.to.u.go.za.i.ma.su.

生日快樂。

例 結婚おめでとうございます。

ke.kko.n./o.me.de.to.u.go.za.i.ma.su.

新婚快樂。

▶ お手伝(てつだ)いしましょうか？

o.te.tsu.da.i.shi.ma.sho.u.ka.

需要我效勞嗎？

說　明

遇見需要幫助的人時，可以用這句話來詢問對方是否需要協助。另外詢問尊長是否需要幫助的時候，也可以用這句話。日本人通常會客氣的先拒絕，記得要再次詢問對方，表示自己真的願意幫忙。

會　話

Ⓐ お手伝(てつだ)いしましょうか？

o.te.tsu.da.i.shi.ma.sho.u.ka.

需要我效勞嗎？

Ⓑ いいえ、大丈夫(だいじょうぶ)です。

i.i.e./da.i.jo.u.bu.de.su.

不用了，我可以的。

Ⓐ ご遠慮(えんりょ)なく。

go.e.n.ryo.na.ku.

別客氣了。

Ⓑ いいですか？ありがとうございます。

i.i.de.su.ka./a.ri.ga.to.u.go.za.i.ma.su.

這樣嗎？那就謝謝你了。

track 013

▶ 結構(けっこう)です。

ke.kko.u.de.su.

不必麻煩！

說　明

「結構です」這句話有兩種意思，一種是表示同意的意思，另一種則是完全相反的「不需要」的意思。在說話的同時，可以配合點頭、搖頭的動作，來輔助表示自己的意思是哪一種。

類　句

いいです。

i.i.de.su.

不用了。

ご心配(しんぱい)なく。

go.shi.n.pa.i.na.ku.

不要擔心我。

會　話

Ⓐ 駅(えき)まで送(おく)りましょうか？

e.ki.ma.de.o.ku.ri.ma.sho.u.ka.

我送你到車站吧！

Ⓑ 結構(けっこう)です。

ke.kko.u.de.su.

不必麻煩了。

▶ばかにするな！

ba.ka.ni.su.ru.na.

別看不起人！

說　明

受到了別人的歧視，或是朋友開玩笑太過火了的時候，可以用這句話來警告對方不要瞧不起人，以及別把自己當成笨蛋。

類　句

からかって笑（わら）うな！

ka.ra.ka.tte.wa.ra.u.na.

別嘲笑我！

なめんなよ。

na.me.n.na.yo.

別瞧不起人！

例　句

例 何（なん）でにやにや笑（わら）ってるんだ？ばかにするな！

na.n.de.ni.ya.ni.ya.wa.ra.tte.ru.n.da./ba.ka.ni.su.ru.na.

幹嘛露出那麼賊的笑容？別看不起人喔！

track 014

▶どういたしまして。

do.u.i.ta.shi.ma.shi.te.

不客氣。

說明

對方向自己表達謝意時，禮貌的請對方不用客氣，就用這句話來表達「自己並沒有做什麼，不用客氣」的意思。

類句

いいえ。

i.i.e.

不必客氣！

ほんのついでだよ。

ho.n.no.tsu.i.de.da.yo.

只是舉手之勞啦！

會話

A ありがとうございます。助(たす)かりました。

a.ri.ga.to.u.go.za.i.ma.su./ta.su.ka.ri.ma.shi.ta.

謝謝你。你真的幫了大忙！

B どういたしまして。

do.u.i.ta.shi.ma.shi.te.

不必客氣。

track 015

▶気にしないで。

ki.ni.shi.na.i.de.

不要在意。

說明

當對方因某些事而心情低落，或是做錯事向自己道歉的時候，可以用這句話來請對方不用在意。

類句

構わないで。

ka.ma.wa.na.i.de.

別在意。

ドンマイ。

do.n.ma.i.

沒關係！

例句

例 大丈夫だよ、気にしないで。

da.i.jo.u.bu.da.yo./ki.ni.shi.na.i.de.

沒關係啦！別在意！

track 015

▶心配しないで。

shi.n.pa.i.shi.na.i.de.

不用擔心！

說明

看到別人憂心忡忡、患得患失時，可以用這句話請對方不用擔心，船到橋頭自然直，別再煩惱了。

類句

くよくよしないで。

ku.yo.ku.yo.shi.na.i.de.

別煩惱了。

例句

例 もう大人なんだから、心配しないで。

mo.u.o.to.na.na.n.da.ka.ra./shi.n.pa.i.shi.na.i.de.

不用擔心！她已經是個大人了。

例 ご心配なく。

go.shi.n.pa.i.na.ku.

不要擔心。

track 016

▶ 早く！

ha.ya.ku.

快一點！

說明

催促別人動作快一點，希望事情的進行可以早一點的時候，就用這句話來要求對方。

類句

急いで！

i.so.i.de.

快一點！

例句

例 もうこんな時間だ！早く！

mo.u.ko.n.na.ji.ka.n.da./ha.ya.ku.

已經這麼晚了！快點！

例 早く行け！

ha.ya.ku.i.ke.

快去！

▶かっこいい！

ka.kko.i.i.

真酷！／很帥。

說　明

看到了長得很帥的人，就可以用「かっこういい」來稱讚對方。除此之外，動作、風格很讓人欣賞也可以用這句話表達。而形容事物很棒、很新奇、很有型之類的，也可以使用這句話。

類　句

素敵(すてき)！

su.te.ki.

真酷！

凄(すご)い！

su.go.i.

那真是了不起！

例　句

例 うわ、かっこいい！どこで買(か)ったの？

u.wa./ka.kko.i.i./do.ko.de.ka.tta.no.

真酷！在哪買的？

例 手越(てごし)さんはかっこいいよね。

te.go.shi.sa.n.wa./ka.kko.i.i.yo.ne.

手越先生真是帥，對不對？

track 017

▶ お願（ねが）いします。

o.ne.ga.i.shi.ma.su.

拜託你了。

說明

請求別人幫忙或照顧的時候，用這句話來表示自己衷心的請求之意。

類句

頼（たの）む！

ta.no.mu.

求你！

會話

Ⓐ この資料（しりょう）を田中（たなか）さんのところに送（おく）ってください。

ko.no.shi.ryo.u.o./ta.na.ka.sa.n.no.to.ko.ro.ni./o.ku.tte.ku.da.sa.i.

這份資料請送到田中先生那兒。

Ⓑ はい、分（わ）かりました。

ha.i./wa.ka.ri.ma.shi.ta.

好的。

Ⓐ お願（ねが）いします。

o.ne.ga.i.shi.ma.su.

拜託你了。

track 017

▶ もういい！

mo.u.i.i.

夠了！

說明

在用餐、購物等場合，當對方詢問是否需要某樣東西時，若是覺得已經足夠了的話，就可以搖頭說「いいです」來表示不需要了。因此可以引申用在已經受夠了對方的言行，不想再聽到或看到的時候，用這句話來表示自己受夠了。

類句

ひどい！

hi.do.i.

真過分！

例句

例 またかよ！もういい！

ma.ta.ka.yo./mo.u.i.i.

又來了！夠囉！

例 もう！

mo.u.

夠了。

track 018

▶ 動くな！

u.go.ku.na.

別動！

說明

看警匪片時，常常看到警察要求歹徒不准動的畫面，這個情形通常就可以用「動くな」這句話。另外在平時強烈要求對方不准動的時候，也可以用這句話。

類句

ここで待ってください。

ko.ko.de.ma.tte.ku.da.sa.i.

請在原地等待。

例句

例 動くな！手を上げて！

u.go.ku.na./te.o.a.ge.te.

別動，手舉起來！

例 そのまま動くな。

so.no.ma.ma.u.go.ku.na.

就這樣不准動！

track 018

▶ いくらですか？

i.ku.ra.de.su.ka.

多少錢？

說明

購物詢問價錢的時候，可以用這句話來表示「這個多少錢」。

類句

お値段(ねだん)は？

o.ne.da.n.wa.

價錢是？

會話

A これ、いくらですか？

ko.re./i.ku.ra.de.su.ka.

這個要多少錢？

B 1000円(えん)です。

se.n.e.n.de.su.

1000日圓。

A じゃあ、これください。

ja.a./ko.re.ku.da.sa.i.

那麼，請給我這個。

▶ どうしたんですか？

do.u.shi.ta.n.de.su.ka.

怎麼了？

說　明

察覺到別人的異狀，或是詢問事情的始末時，可以用這句話表達自己的關心。

類　句

何（なに）がありましたか？

na.ni.ga.a.ri.ma.shi.ta.ka.

發生了什麼事嗎？

會　話

Ⓐ 朝（あさ）からため息（いき）ばっかりしていて、どうしたんですか？

a.sa.ka.ra./ta.me.i.ki.ba.kka.ri.shi.te.i.te./do.u.shi.ta.n.de.su.ka.

從早上開始就一直嘆氣，你怎麼了？

Ⓑ 電車（でんしゃ）に宿題（しゅくだい）を忘（わす）れてしまったんです。

de.n.sha.ni./shu.ku.da.i.o.wa.su.re.te.shi.ma.tta.n.de.su.

我把作業忘在電車裡了。

track 019

▶ 最近（さいきん）はどうでしたか？

sa.i.ki.n.wa./do.u.de.shi.ta.ka.

近來如何？

說明

遇到了很久不見的朋友，詢問對方的近況時，可以用這句話來表示關心。

類句

元気（げんき）ですか？

ge.n.ki.de.su.ka.

近來好嗎？

どうだった？

do.u.da.tta.

有什麼新鮮事？

會話

Ⓐ 久（ひさ）しぶりです。

hi.sa.shi.bu.ri.de.su.

好久不見了。

Ⓑ あらっ、田中（たなか）さん、久（ひさ）しぶりです。最近（さいきん）はどうでしたか？

a.ra./ta.na.ka.sa.n./hi.sa.shi.bu.ri.de.su./sa.i.ki.n.wa./do.u.de.shi.ta.ka.

啊，田中先生，好久不見了。近來好嗎？

track 020

▶ 私(わたし)もそう思(おも)う。

wa.ta.shi.mo.so.u.o.mo.u.

我也這麼覺得。

說　明

認同別人的想法，或是剛好想說的事情和對方完全一致的時候，就可以用這句話來表示認同。

類　句

そうですね。

so.u.de.su.ne.

就是啊。

そうそう。

so.u.so.u.

對！對！

會　話

Ⓐ 一人(ひとり)できっとできないんだ。

hi.to.ri.de./ki.tto.de.ki.na.i.n.da.

一個人一定辦不到的。

Ⓑ 私(わたし)もそう思(おも)う。

wa.ta.shi.mo.so.u.o.mo.u.

我也這麼覺得。

• track 020

▶ うまくいかない。

u.ma.ku.i.ka.na.i.

進行得不順利。

說　明

當一件事情的發展不如自己所預料的順利，總是受到許多挫折的時候，就可以用這句話來說明事情進行得不順利。

類　句

ついていないなあ。

tsu.i.te.i.na.i.na.a

真不走運。

會　話

Ⓐ どうしたの？元気（げんき）がなさそう。

do.u.shi.ta.no./ge.ki.ga./na.sa.so.u.

你怎麼了？看起來很沒精神耶！

Ⓑ 仕事（しごと）がうまくいかないなあ。

shi.go.to.ga./u.ma.ku.i.ka.na.i.na.a.

工作進行得不順利。

Ⓐ 元気（げんき）を出（だ）して、きっと大丈夫（だいじょうぶ）だ。

ge.n.ki.o./da.shi.te./ki.tto.da.jo.u.bu.da.

打起精神來，你一定辦得到的。

track 021

▶ ふざけんな！

fu.za.ke.n.na.

別開玩笑了！

說明

想要嚴重的警告對方不要再開無聊的玩笑，或是要對方別不當一回事時，可以用這句話來表達自己的不滿。這句話的警告意味濃厚，通常是十分生氣或是事態嚴重時才會用。

類句

まじめにしろ。

ma.ji.me.ni.shi.ro.

認真點！

ふざけないで。

fu.za.ke.na.i.de.

別開玩笑了。

例句

例 これは食(た)べるもんか！ふざけんな！

ko.re.wa./ta.be.ru.mo.n.ka./fu.za.ke.n.na.

這能吃嗎！少開玩笑了！

• track 021

▶ さあ。

sa.a.

我不知道。

說　明

日本人說這句話的時候，通常會配合把頭向側邊一歪的動作，表示對於答案完全沒有任何頭緒。遇到無法回答的問題，或是不了解情況的時候，不妨就以這句簡單的話來回答吧！

類　句

分（わ）かりません。

wa.ka.ri.ma.se.n.

我不知道這件事。

よく分（わ）からない。

yo.ku.wa.ka.ra.na.i.

我不太清楚。

會　話

Ⓐ 幸子（さちこ）ちゃんはどこへ行（い）ったの？

sa.chi.ko.cha.n.wa./do.ko.e./i.tta.no.

你知道幸子去哪裡了嗎？

Ⓑ さあ。

sa.a.

我不知道。

track 022

▶ 手が離せない。

te.ga.ha.na.se.na.i.

正在忙。

說明

這句話日文的原意是「無法抽開手」，也就是忙到連離開去做別的事情的時間都沒有。當自己正忙碌的時候，遇到別人要求幫忙時，就用這句話來表示自己十分忙碌，抽不開身。

類句

今はちょっと…。

i.ma.wa./cho.tto.

現在沒辦法。

ちょっと忙しいです。

cho.tto./i.so.ga.shi.i.de.su.

我正在忙。

例句

例 ごめん、今ちょっと手が離せないから、あとでいい？

go.me.n./i.ma.cho.tto./te.ga./ha.na.se.na.i.ka.ra./a.to.de.i.i.

對不起，我現在正忙，等一下可以嗎？

• track 022

▶ 多分（たぶん）

ta.bu.n.

也許。

說明

日文中，在說明事物時，通常不會斬釘截鐵的斷定一件事情，所以在說明情況的時候，通常會用大概、或許等詞彙來表示自己的意見。而對於自己不了解的事物，就可以用「多分」來表示自己也不確定。

類句

かもしれない。

ka.mo.shi.re.na.i.

我想是吧！

可能性（かのうせい）がある。

ka.no.u.se.i.ga./a.ru.

可能吧！

會話

Ⓐ 彼女（かのじょ）はまた怒（おこ）ってる？

ka.no.jo.wa./ma.ta.o.ko.tte.ru.

她又在生氣嗎？

Ⓑ 多分（たぶん）。

ta.bu.n.

大概吧。

track 023

ありえない！

a.ri.e.na.i.

不可能的事。

說明

聽到不可思議的事物時，用這句話可以表達自己覺得這件事不可能會發生。

類句

そんなはずがない。

so.n.na.ha.zu.ga./na.i.

不可能。

無理（むり）。

mu.ri.

不可能。

例句

例 キムは国（くに）へ帰（かえ）る？ありえない！

ki.mu.wa./ku.ni.e./ka.e.ru./a.ri.e.na.i.

金要回國了？不可能吧！

● track 023

▶仕方(しかた)がないなあ。

shi.ka.ta.ga./na.i.na.a.

沒辦法了。

說　明

現實的狀況不由得自己做出選擇，或是怎麼努力也無法改變現狀時，會用這句話來表示自己已經沒有別的辦法了。另外，當受到別人的請託時，沒有任何辦法拒絕，也用這句話來表達「真是敗給你了」的意思。

類　句

どうしようもない。

do.u.shi.yo.u.mo.na.i.

我別無選擇。

やらざるを得(え)ない。

ya.ra.za.ru.o./e.na.i.

別無選擇。

選(え)り好(ごの)みができない。

e.ri.go.no.mi.ga.de.ki.na.i.

別無選擇。

例　句

例 仕方(しかた)がないなあ。謝(あやま)ろうか。

shi.ka.ta.ga./na.i.na.a./a.ya.ma.ro.u.ka.

沒辦法了，只好道歉吧！

▶ そろそろです。

so.ro.so.ro.de.su.

時間差不多了。

說 明

進行拜訪時，若是差不到多了該離開的時候，會用「そろそろです」這句話來表示自己該離開了。而當自己覺得時間差不多，該結束一件事情、會議或是事情該作出結論的時候，都可以用這句話來表達。

類 句

失礼（しつれい）します。

shi.tsu.re.i.shi.ma.su.

再見。

行（い）かなくちゃ。

i.ka.na.ku.cha.

不離開不行了。

會 話

Ⓐ そろそろです。

so.ro.so.ro.de.su.

時間差不多了。

Ⓑ あっ、もうこんな時間（じかん）ですか。

a./mo.u.ko.n.na.ji.ka.n.de.su.ka.

啊！已經這麼晚了。

● track 024

▶ 頑張(がんば)ります。

ga.n.ba.ri.ma.su.

我會盡力的！

說明

在對話中，我們常聽到要叫對方加油時，會說「頑張ってください」，那麼，如果要回應對方時該怎麼說呢？這時候，就要回答「頑張ります」來表示「我會加油的」。而在進行某項挑戰之前，也可以用這句話來表示自己願意努力的決心。

類句

ベストをつくす！

be.tsu.to.o./tsu.ku.su.

竭盡所能。

ファイト！

fu.a.i.to.

加油！

會話

Ⓐ 希望(きぼう)の時間(じかん)までにできますか？

ki.bo.u.no.ji.ka.n.ma.de.ni./de.ki.ma.su.ka.

預訂的時間前能完成嗎？

Ⓑ はい、頑張(がんば)ります。

ha.i./ga.n.ba.ri.ma.su.

我會盡力。

track 025

▶ やってみます。

ya.tte.mi.ma.su.

我會試試看。

說明

想要試試看某件事情的時候，可以用這句話來表示自己願意一試。

會話

Ⓐ 自分（じぶん）のやり方（かた）でやってみればどうですか？

ji.bu.n.no.ya.ri.ka.ta.de./ya.tte.mi.re.ba./do.u.de.su.ka.

為何不照你自己的方式去做呢？

Ⓑ はい、やってみます。

ha.i./ya.tte.mi.ma.su.

好的，我試試看。

例句

例 してみます。

shi.te.mi.ma.su.

我會試試。

例 チャレンジしてみます。

cha.re.n.ji.shi.te.mi.ma.su.

挑戰看看。

track 025

▶ そうだよ。

so.u.da.yo.

就是說啊！

說　明

在對話中，要認同對方的意見時，就可以用這句話來表示對方說得很對。若是對於較不熟的人或是長輩的話，則是用「そうですね」這種相對較禮貌的說法。

會　話

Ⓐ もっと厳(きび)しくないと、将来困(しょうらいこま)るのはこの子(こ)だ。

mo.tto.ki.bi.shi.ku.na.i.to./sho.u.ra.i.ko.ma.ru.no.wa./ko.no.ko.da.

如果不嚴格一點的話，將來痛苦的是這個孩子。

Ⓑ そうだよ。

so.u.da.yo.

就是說啊！

例　句

例 そうですね。

so.u.de.su.ne.

沒錯！

track 026

いろいろね。

i.ro.i.ro.ne.

說來話長。

說明

當對方提問，而自己覺得說來話長，太過複雜不想回答，而只用一句話簡單帶過的話，可以用「いろいろね」來表示。而對方聽到這句話，通常就會很識相的不再追問。

類句

言(い)いたくない。

i.i.ta.ku.na.i.

我不想說。

聞(き)いてほしくない。

ki.i.te.ho.shi.ku.na.i.

不要問我。

例句

例 いろいろね。もう思(おも)い出(だ)したくない。

i.ro.i.ro.ne./mo.u.o.mo.i.da.shi.ta.ku.na.i.

說來話長，我已經不願再想了。

track 026

▶ 余裕（よゆう）だ。

yo.yu.u.da.

太容易了。

説 明

覺得事情實在是太輕而易舉了，不費吹灰之力就可以完成，就用「余裕だ」來表示自己輕鬆的心情。不過既然已經表示這件事可以輕鬆辦到，就一定要確實完成，否則日本人是不會接受這種把話說滿的習慣的。

類 句

楽勝（らくしょう）だ。

ra.ku.sho.u.da.

沒問題。

朝（あさ）めし前（まえ）だ。

a.sa.me.shi.ma.e.da.

小事一樁。

例 句

例 これぐらいまだ余裕（よゆう）だ。

ko.re.gu.ra.i./ma.da.yo.yu.u.da.

這點東西太容易了。

track 027

わたしのせいです。

wa.ta.shi.no.se.i.de.su.

這都是我的錯。

說　明

犯錯的時候，勇於認錯是很重要的，要承擔責任之時，用「わたしのせいです」來表示事情都是我的錯，展現勇於負責的態度。

類　句

僕(ぼく)のせいだ。

bo.ku.no.se.i.da.

我的錯。

わたしが悪(わる)いです。

wa.ta.shi.ga./wa.ru.i.de.su.

我錯了。

わたしのミスです。

wa.ta.shi.no./mi.su.de.su.

我做錯了。

例　句

例 すみません。すべてはわたしのせいです。

su.mi.ma.se.n./su.be.te.wa./wa.ta.shi.no.se.i.de.su.

對不起，都是我的錯。

track 027

▶ きっと大丈夫（だいじょうぶ）です。

ki.tto.da.i.jo.u.bu.de.su.

一定沒問題。

說 明

這句話有兩個意思，一個是安慰別人事情一定有辦法解決的。另一個意思則是絕對可以辦到這件事的意思。

類 句

何（なん）とかなる。

na.n.to.ka.na.ru.

總會有辦法的。

がっかりするな。

ga.kka.ri.su.ru.na.

別失望。

例 句

例 鈴木（すずき）さんならきっと大丈夫（だいじょうぶ）です。心配（しんぱい）しないで。

su.zu.ki.sa.n.na.ra./ki.tto.ka.i.jo.u.bu.de.su./shi.n.pa.i.shi.na.i.de.

鈴木先生你一定沒問題的。別擔心。

track 028

▶ それで？

so.re.de.

然後呢？/那又怎樣？

說　明

「それで」的原意是「然後呢」，在詢問事情的後續發展時，可以用這句話來詢問。但若是用較輕佻不在乎的口氣說的時候，則是表示「發生了這件事，那又怎樣？」的意思，反而具有了不關心的意思，所以說這句話的時候要注意語氣。

類　句

わたしには関係(かんけい)ない。

wa.ta.shi.ni.wa.ka.n.ke.i.na.i.

和我沒關係。

知(し)らないよ。

shi.ra.na.i.yo.

我不知道，別問我。

例　句

例 うん、見(み)たよ。それで？

u.n./mi.ta.yo./so.re.de.

嗯。看到了。那又怎樣？

● track 028

▶気(き)にしていない。

ki.ni.shi.te.i.na.i.

我不在意。

說明

這句話是表示自己並不把這件事放在心上，請對方也不要在意的意思。除了用來表示自己不關心之外，也可以用在當對方向自己道歉時，安慰對方自己並不在意。

會話

Ⓐ 転勤(てんきん)のこと、彼(かれ)はどう思(おも)う？

te.n.ki.n.no.ko.to./ka.re.wa./do.u.o.mo.u.

調職的事，你男友怎麼想？

Ⓑ 知(し)らない。彼(かれ)がどう思(おも)うか気(き)にしていない。

shi.ra.na.i./ka.re.ga./do.u.o.mo.u.ka./ki.ni.shi.te.i.na.i.

我不知道，他怎麼想我才不在意。

Ⓐ どうしたの？急(きゅう)に。

do.u.shi.ta.no./kyu.u.ni.

怎麼了？突然這麼說。

▶ どうして？

do.u.shi.te.

為什麼？

說　明

搞不清事情的狀況，或是想知道事情發生的原因時，可以用這句話來表達疑惑。

類　句

どういうこと？

do.u.i.u.ko.to.

為什麼？

なぜ？

na.ze.

為什麼？

會　話

Ⓐ 村上(むらかみ)さんのことが好(す)きになれないなあ。

mu.ra.ka.mi.sa.n.no.ko.to.ga./su.ki.ni.na.re.na.i.na.a.

我實在不太喜歡村上先生。

Ⓑ どうして？いい人(ひと)じゃない？

do.u.shi.te./i.i.hi.to.ja.na.i.

為什麼？他不是個好人嗎？

track 029

▶大きなお世話だ！

o.o.ki.na.o.se.wa.da.

你少管閒事！

說明

這句話是在諷刺對方花太多心思在管別人的事情了。若是聽到別人說這句話，就表示自己管太多了，已經干涉到別人的私生活了，最好適可而止。

類句

余計なことするな！

yo.ke.i.na.ko.to.su.ru.na.

別多管閒事！

余計な親切。

yo.ke.i.na.shi.n.se.tsu.

少管閒事。

例句

例 あなたとは関係ない。大きなお世話だ！

a.na.ta.to.wa./ka.n.ke.i.na.i./o.o.ki.na.o.se.wa.da.

這和你沒關係，少管閒事！

track 030

▶ 何(なに)かお困(こま)りですか？

na.ni.ka./o.ko.ma.ri.de.su.ka.

有什麼問題嗎？

說 明

遇到了有人面露難色，似乎需要幫忙的時候，可以用這句話來問對方是不是有什麼需要協助的。

類 句

何(なに)か困(こま)ったことでも？

na.ni.ka./ko.ma.tta.ko.to.de.mo.

有什麼問題嗎？

何(なに)がありましたか？

na.ni.ga./a.ri.ma.shi.ta.ka.

怎麼了嗎？

會 話

Ⓐ 何(なに)かお困(こま)りですか？

na.ni.ka./o.ko.ma.ri.de.su.ka.

有什麼問題嗎？

Ⓑ 市民(しみん)センターに行(い)きたいんですが。

shi.mi.n.se.n.ta.a.ni./i.ki.ta.i.n.de.su.ga.

我在找市民中心。

track 030

▶ 残念(ざんねん)です。

za.n.ne.n.de.su.

太可惜了！

說明

事情的發展不能如預期，或是功敗垂成時，就可以用這句話來表示自己的婉惜之意。另外，聽到令人遺憾的事情發生，也可以用「残念です」來表示同情。

類句

お気(き)の毒(どく)です。

o.ki.no.do.ku.de.su.

真遺憾。

仕方(しかた)がないね。

shi.ka.ta.ga.na.i.ne.

真無奈。

例句

例 ほかの学校(がっこう)に異動(いどう)されるなんて、残念(ざんねん)です。

ho.ka.no.ga.kko.ni./i.do.u.sa.re.ru.na.n.te./za.n.ne.n.de.su.

你要調去別的學校真是太可惜了。

track 031

▶よくやったよ。

yo.ku.ya.tta.yo.

你做得很好。

說明

要鼓勵晚輩或是朋友已經盡力了，雖然結果不如預期，但仍然是美好的回憶，就可以用「よくやったよ」來安慰對方，表示對方已經盡了最大的努力，而且已經算是表現得很好了。

類句

頑張（がんば）ったからいいじゃん。

ga.n.ba.tta.ka.ra./i.i.ja.n.

盡力就好。

次（つぎ）の機会（きかい）はいくらでもあるから。

tsu.gi.no.ki.ka.i.wa./i.ku.ra.de.mo.a.ru.ka.ra.

下次還有機會。

これはすべてではないから。

ko.re.wa./su.be.te.de.wa.na.i.ka.ra.

這並不是全部。

例句

例 気（き）にしないで、よくやったよ！

ki.ni.shi.na.i.de./yo.ku.ya.tta.yo.

別在意，你已經做得很好了！

track 031

▶ どうだろうなあ。

do.u.da.ro.u.na.a

是嗎？

說明

在對話當中，遇到不認同對方的意見，又不想要直接說破時，就可以用「どうだろうなあ」來表示自己保留的態度。表示這件事情是否真如對方所說的這樣，還需要再思考一下。

類句

そうではありません。

so.u.de.wa./a.ri.ma.se.n.

才不是呢！

ちょっと違(ちが)うなあ。

cho.tto.chi.ga.u.na.a.

不是吧？

會話

A あの店(みせ)、高(たか)いからきっとおいしい。

a.no.mi.se./ta.ka.i.ka.ra./ki.tto.o.i.shi.i.

那間店很貴，一定很好吃。

B どうだろうなあ。

do.u.da.ro.u.na.a

是嗎？

▶ちょっといいですか？

cho.tto.i.i.de.su.ka.

可以佔用你一點時間嗎？

說　明

有話想要和對方說，或是有需要借一步說話的情況時，就可以用這句話請對方稍微停下手邊的事情聽自己說。

類　句

聞きたいことがあるんですが。

ki.ki.ta.i.ko.to.ga./a.ru.n.de.su.ga.

我想問你一些事。

ちょっと時間作ってくれませんか？

cho.tto.ji.ka.n.tsu.ku.tte./ku.re.ma.se.n.ka.

可以給我一些時間嗎？

例　句

例 相談したいことがあるんですが。ちょっといいですか？

so.u.da.n.shi.ta.i.ko.to.ga./a.ru.n.de.su.ga./cho.tto.i.i.de.su.ka.

我有點事想和你談談，可以借一步說話嗎？

track 032

▶ 考(かんが)えとく。

ka.n.ga.e.to.ku.

我想想。

說　明

當對方提出的請求，自己沒辦法在第一時間答覆時，就用這句話來表示「讓我再想一想」。

類　句

考(かんが)えさせてください。

ka.n.ga.e.sa.se.te.ku.da.sa.i.

讓我想一想。

もうちょっと、時間(じかん)をください。

mo.u.cho.tto./ji.ka.n.o./ku.da.sa.i.

再給我一點時間。

會　話

A 例(れい)の件(けん)、どう思(おも)う？一緒(いっしょ)にやろうか？

re.i.no.ke.n./do.u.o.mo.u./i.ssho.ni.ya.ro.u.ka.

上次那件事，你覺得怎麼樣？要不要一起做？

B 考(かんが)えとく。

ka.n.ga.e.to.ku.

讓我想一想。

track 033

はっきり言(い)って。

ha.kki.ri.i.tte.

有話就直說。

說　明

受不了對方支支吾吾的時候，就可以用這句話要求對方有話直說，不要扭扭捏捏的。

類　句

正直(しょうじき)に言(い)って。

sho.u.ji.ki.ni.i.tte.

請老實說。

本音(ほんね)を教(おし)えて。

ho.n.ne.o./o.shi.e.te.

請告訴我實話。

會　話

A でも…。

de.mo.

可是…。

B なによ？はっきり言(い)って。

na.ni.yo./ha.kki.ri.i.tte.

什麼啊！有話就直說！

track 033

▶ほら。

ho.ra.

你看！

説　明

這句話原意是「你看！」的意思，像是在路上發現了什麼新奇的事物，或是想要對方看某樣東西時，就可以說「ほら」來引起對方注意。另外這句話也可以用在明明已經提醒過，但對方還是犯錯的時候，表示「你看吧！我早就說過了。」的意思。

類　句

もう！

mo.u.

夠囉！

だろう？

da.ro.u.

我就説吧！

會　話

Ⓐ ああ、また失敗（しっぱい）しちゃった。

a.a./ma.ta.shi.ppa.i.shi.cha.tta.

唉，又失敗了。

Ⓑ ほら！言（い）ったでしょ。

ho.ra./i.ta.de.sho.u.

看看你！我早就説過了吧！

track 034

楽(たの)しみです。

ta.no.shi.mi.de.su.

我很期待這件事。

說　明

期待某件事的到來，或是期許某人的表現時，都可以用這句話，來表示期盼的意思。

類　句

楽(たの)しみにしてます。

ta.no.shi.mi.ni./shi.te.i.ma.su.

我很期待。

期待(きたい)してます。

ki.ta.i.shi.te.ma.su.

我很期待。

會　話

Ⓐ 発表会(はっぴょうかい)は来週(らいしゅう)です。

ha.ppyo.u.ka.i.wa./ra.i.shu.u.de.su.

發表會是下個星期。

Ⓑ 楽(たの)しみですね。

ta.no.shi.mi.de.su.ne.

我很期待這件事。

track 034

▶ どうりで。

do.u.ri.de.

難怪。

說明

聽了對方的話，要表示認同時，就用這句話來表示「難怪」、「果然是」的意思。

類句

なるほど。

na.ru.ho.do.

原來如此。

まったくです。

ma.tta.ku.de.su.

真是的！

まさに。

ma.sa.ni.

果然是。

例句

例 どうりで。なかなかいける。

do.u.ri.de./na.ka.na.ka.i.ke.ru.

難怪！蠻好吃的。

track 035

▶ 伝言(でんごん)をお願(ねが)いできますか？

de.n.go.n.o./o.ne.ga.i./de.ki.ma.su.ka.

我可以留言嗎？

說 明

打電話時，若對方剛好不在，要請接電話的人代為留言時，可以用這句話來表示有事想請對方轉達。

類 句

伝(つた)えていただけますか？

tsu.ta.e.te./i.ta.da.ke.ma.su.ka.

可以留言嗎？

會 話

A 山田(やまだ)さんは今席(いませき)をはずしておりますが。

ya.ma.da.sa.n.wa./i.ma.se.ki.o./ha.zu.shi.te.o.ri.ma.su.ga.

山田先生現在不在位置上。

B じゃ、伝言(でんごん)をお願(ねが)いできますか？

ja./de.n.go.n.o./o.ne.ga.i./de.ki.ma.su.ka.

那麼，可以請你幫我留言嗎？

track 035

いらっしゃいますか？

i.ra.ssha.i.ma.su.ka.

請問…在嗎？

說明

到公司拜訪，或是打電話到別人家的時候，就用這句話來詢問對方在不在。

類句

営業部(えいぎょうぶ)の堂本(どうもと)さんをお願(ねが)いします。

e.i.gyo.u.bu.no.do.u.mo.to.sa.n.o./o.ne.ga.i.shi.ma.su.

請問業務部門的堂本先生在嗎？

京子(きょうこ)さんはいますか？

kyo.ko.sa.n.wa./i.ma.su.ka.

京子小姐在嗎？

例句

例 山下(やました)さんはいらっしゃいますか？

ya.ma.shi.ta.sa.n.wa./i.ra.ssha.i.ma.su.ka.

請問山下先生在嗎？

track 036

▸ よろしくお願いします。

yo.ro.shi.ku./o.ne.ga.i.shi.ma.su.

請多指教。

說　明

對於初次見面的人，說這句話表示請多照顧的意思。另外，要和別人合作事情的時候，也可以說這句話，請對方多多指教幫忙。

會　話

Ⓐ はじめまして、田中と申します。

ha.ji.me.ma.shi.te./ta.na.ka.to./mo.u.shi.ma.su.

初次見面，敝姓田中。

Ⓑ はじめまして、山本と申します。どうぞよろしくお願いします。

ha.ji.me.ma.shi.te./ya.ma.mo.to.to./mo.u.shi.ma.su./do.u.zo./yo.ro.shi.ku./o.ne.ga.i.shi.ma.su.

初次見面，敝姓山本，請多指教。

Ⓐ こちらこそ、よろしくお願いします。

ko.chi.ra.ko.so./yo.ro.shi.ku./o.ne.ga.i.shi.ma.su.

我也是，請多多指教。

例　句

例 これからもよろしくお願いします。

ko.re.ka.ra.mo./yo.ro.shi.ku./o.ne.ga.i.shi.ma.su.

今後請多多指教。

track 036

▶ まあまあです。

ma.a.ma.a.de.su.

普普通通。

說 明

覺得事情的程度算是一般，不算好也不算差，就可以用這句話。另外用來形容平常的生活還過得去、食物的味道還可以、人的表現馬馬虎虎，都可以用這句話來表示。

類 句

いまいちです。

i.ma.i.chi.de.su.

不是很好。

そこそこです。

so.ko.so.ko.de.su.

還過得去。

會 話

Ⓐ 今回(こんかい)の試合(しあい)はどうでしたか？

ko.n.ka.i.no.shi.a.i.wa./do.u.de.shi.ta.ka.

這次比賽如何？

Ⓑ まあまあです。

ma.a.ma.a.de.su.

沒有那麼好！

track 037

▶ 相変わらず。

a.i.ka.wa.ra.zu.

老樣子。

說　明

詢問近況的時候，若是情況和之前一樣沒有任何改變的時候，可以用這句話來回答。

類　句

今までどおりだ。

i.ma.ma.de.do.o.ri.da.

一如既往！

昔のままだ。

mu.ka.shi.no.ma.ma.da.

老樣子。

例　句

例 相変わらずけんかしてばかり。

a.i.ka.wa.ra.zu./ke.n.ka.shi.te.ba.ka.ri.

還是老樣子，常常吵架。

もうたくさんだ。

mo.u.ta.ku.sa.n.da.

夠了！。

說明

聽夠了對方囉嗦，或者是覺得現實的狀況壓得自己喘不過氣的時候，就可以用這句話來表示自己受夠了，已經不想再承受了。

類句

うんざりします。

u.n.za.ri.shi.ma.su.

令人厭煩。

あきあきです。

a.ki.a.ki.de.su.

膩了。

例句

例 また？もうたくさんだ。

ma.ta./mo.u.ta.ku.sa.n.da.

又來了？真是夠了！

track 038

▶ 恥(は)ずかしい。

ha.zu.ka.shi.i.

真丟臉！

說明

遇上了讓人臉紅的情況時，可以說「恥ずかしい」來表達自己的困窘。

類句

情(なさ)けない。

na.sa.ke.na.i.

真難為情。

赤面(せきめん)の至(いた)りだ。

se.ki.me.n.no.i.ta.ri.da.

真讓人臉紅。

例句

例 あっ、恥(は)ずかしい！

a./ha.zu.ka.shi.i.

啊！好丟臉啊！

例 お恥(は)ずかしいです。

o.ha.zu.ka.shi.i.de.su.

真是丟臉。

track 038

▶ 焦（あせ）るな。

a.se.ru.na.

不要急。

説　明

當對方感到焦急、手足無措的時候，可以用這句話要求對方不要著急、冷靜下來處理事情。

類　句

落（お）ち着（つ）けよ。

o.chi.tsu.ke.yo.

冷靜下來。

落（お）ち着（つ）いて。

o.chi.tsu.i.te.

冷靜點。

例　句

例 まだ23歳（にじゅうさんさい）じゃないか、焦（あせ）るなよ。

ma.da.ni.ju.u.sa.n.sa.i.ja.na.i.ka./a.se.ru.na.yo.

你才23歲，不用急啦！

例 焦（あせ）らないで。

a.se.ra.na.i.de.

別著急。

track 039

初耳(はつみみ)だ。

ha.tsu.mi.mi.da.

第一次聽說。

說　明

當對方所說的事情，自己以前從來都不知道，就可以用這句話來表示是第一次聽到，以前都不知道。

類　句

知(し)らなかった。

shi.ra.na.ka.tta.

以前都不知道。

聞(き)いたことない。

ki.i.ta.ko.to.na.i.

沒聽說過。

例　句

例 へえ、それは初耳(はつみみ)だ。

he.e./so.re.wa./ha.tsu.mi.mi.da.

是喔，這還是第一次聽說。

▶ もうおしまいだ！

mo.u.o.shi.ma.i.da.

一切都完了！

說明

這句話是表示事情已經無力回天、感到絕望。用來表示已經沒有任何希望，這已經是最慘的狀況了。

類句

最悪(さいあく)だ。

sa.i.a.ku.da.

真慘。

どん底(ぞこ)だ。

do.n.zo.ko.da.

到谷底了。

例句

例 入学試験(にゅうがくしけん)に落(お)ちた。もうおしまいだ！

nyu.u.ga.ku.shi.ke.n.ni.o.chi.ta./mo.u.o.shi.ma.i.da.

我沒能考進那所學校，一切都完了！

track 040

▶ 何も言えません。

ni.ni.mo.i.e.ma.se.n.

我能說什麼？

說明

對事情感到無奈，或是覺得自己沒有立場表達意見時，可以用這句話來表示。

類句

あきれた。

a.ki.re.ta.

傻眼。／無話可說。

どうしようもない。

do.u.shi.yo.u.mo.na.i.

還能怎樣？

會話

A 全部あなたのせいだって言ったよな。

ze.n.bu.a.na.ta.no.se.i.da.tte./i.tta.yo.na.

我早就說過這全部都是你的錯。

B 何も言えません。

na.ni.mo.i.e.ma.se.n.

我還能說什麼？

track 040

▶どう思いますか？

do.u.o.mo.i.ma.su.ka.

你覺得如何呢？

說明

想要知道對方對人、事、物的看法時，可以用這句話來詢問對方。

類句

どう？

do.u.

你覺得如何？

いかがですか？

i.ka.ga.de.su.ka.

你覺得呢？

こんな感じでいい？

ko.n.na.ka.n.ji.de.i.i.

這樣可以嗎？

例句

例 彼の新曲、どう思いますか？

ka.re.no.shi.n.kyo.ku./do.u.o.mo.i.ma.su.ka.

對於他的新歌，你覺得如何？

▶ 何(なに)を考(かんが)えてますか？

na.ni.o./ka.n.ga.e.te.ma.su.ka.

你在想什麼呢？

說　明

看到對方在發呆的時候，可以用這句話來詢問對方在想什麼。另外，覺得對方的想法莫名其妙，也可以說這句話來表示無法理解，請對方詳細說明。

類　句

何(なに)を考(かんが)えているの？

na.ni.o./ka.n.ga.e.te.i.ru.no.

你在想什麼？

お困(こま)りですか？

o.ko.ma.ri.de.su.ka.

需要幫忙嗎？

例　句

例 さっきからじっと同(おな)じページを見(み)つめていて、何(なに)を考(かんが)えてますか？

sa.kki.ka.ra./ji.tto.o.na.ji.pe.e.ji.o./mi.tsu.me.te.i.te./na.ni.o./ga.n.ga.e.te.ma.su.ka.

你從剛剛開始就一直看著同一頁，在想什麼嗎？

track 041

お元気(げんき)ですか？

o.ge.n.ki.de.su.ka.

近來如何？

說明

遇到了許久不見的朋友，可以用這句話來詢問近況。

類句

お久(ひさ)しぶりです。

o.hi.sa.shi.bu.ri.de.su.

好久不見。

會話

A お元気(げんき)ですか？

o.ge.n.ki.de.su.ka.

近來好嗎？

B ええ、相変(あいか)わらずです。

e.e./a.i.ka.wa.ra.zu.de.su.

嗯，老樣子。

▶急(いそ)いで。

i.so.i.de.

快一點！

說　明

催促別人動作快一點時，可以用這句話表示自己著急的態度。

類　句

急(いそ)がないと。

i.so.ga.na.i.to.

不快一點的話來不及了。

早(はや)く。

ha.ya.ku.

快點。

例　句

例 あらっ、大変(たいへん)！急(いそ)いで。

a.ra./ta.i.he.n./i.so.i.de.

啊，糟了！快一點。

例 急(いそ)いでください。

i.so.i.de.ku.da.sa.i.

請快一點。

● track 042

▶ どこへ行きますか？

do.ko.e./i.ki.ma.su.ka.

你要去哪裡？

說　明

看到別人正要出門時，用這句話來詢問對方的目的地是哪裡。

類　句

どこへ？

do.ko.e.

你要去哪裡？

何をしに行きますか？

na.ni.o./shi.ni.i.ki.ma.su.ka.

你要去哪裡？

會　話

Ⓐ みんなどこへ行きますか？

mi.n.na.do.ko.e./i.ki.ma.su.ka.

你們要去哪裡？

Ⓑ 映画を見に行きます。

e.i.ga.o./mi.ni.i.ki.ma.su.

我們要去看電影

なんて言うのかなあ。

na.n.te.i.u.no.ka.na.a.

該怎麼說？

說　明

遇到了難以形容的事情時，可以先用「なんて言うのかなあ」來表示自己正在思考形容的詞語，也可以說明這件事物有點難以說明。

類　句

ぴんと来ない。

pi.n.to.ko.na.i.

一時想不到。

例　句

例 うん…なんて言うのかなあ…。

u.n./na.n.te.i.u.no.ka.na.a.

嗯……該怎麼說呢？

例 この味、なんて言うかなあ？

ko.no.a.ji.na.n.te.i.u.ka.na.a.

該怎麼形容這味道呢？

例 なんて言うか？

na.n.te.i.u.ka.

該怎麼說？

さいてい
▶最低！

sa.i.te.i.

真可惡！

說明

這句話是用來表達強烈的不滿。譬如說事情的發展很糟，或是東西很讓人失望，都可以說這句話。另外覺得對方的人品很差，過是做了很過分的事，也可以用這句話來罵對方。

類句

ひどい！

hi.do.i.

真過分！

うそ
嘘つき！

u.so.tsu.ki.

騙人！

例句

いちろうさいてい
例 もう、一郎最低！

mo.u./i.chi.ro.u.sa.i.te.i.

什麼！一郎你真可惡！

さいてい　おとこ
例 最低の男だ。

sa.i.te.i.no.o.to.ko.da.

最糟的男人。

track 044

教（おし）えてください。

o.shi.e.te.ku.da.sa.i.

請告訴我。

說　明

有問題想要請教別人的時候，可以用這句話來請對方教導；另外這句話也帶有請對方告訴自己詳細情形或答案的意思。

類　句

助（たす）けてください。

ta.su.ke.te.ku.da.sa.i.

請幫我。

頼（たの）みます。

ta.no.mi.ma.su.

拜託你了。

例　句

例 この部分（ぶぶん）、ちょっとわからないので、教（おし）えてください。

ko.no.bu.bu.n./cho.tto.wa.ka.ra.na.i.no.de./o.shi.e.te.ku.da.sa.i.

這部分我不太了解，可以請你告訴我嗎？

track 044

▶ 違(ちが)います。

chi.ga.i.ma.su.

你誤會我了。/錯了。

說明

表示反對或是對方誤解自己的時候，可以用這句話來表示否定。另外若是對方說的不是正確的事情或答案時，也可以用來表答對方說錯了。

類句

勘違(かんちが)いだ。

ka.n.chi.ga.i.da.

會錯意。

そういう意味(いみ)じゃない。

so.u.i.u.i.mi.ja.na.i.

不是這個意思。

例句

例 いや、違(ちが)います。そんなことないですよ。

i.ya./chi.ga.i.ma.su./so.n.na.ko.to./na.i.de.su.yo.

不，你誤會我了。才沒這回事呢！

▶ 好きにしなさい。

su.ki.ni.shi.na.sa.i.

隨你便。

說　明

已經受不了對方的所作所為，或是不想再淌渾水時，就用這句話來告訴對方：「我已經不想管了，你想怎麼做就怎麼做吧！」

類　句

ご勝手に。

go.ka.tte.ni.

隨便你！

わたしには関係ない。

wa.ta.shi.ni.wa./ka.n.ke.i.na.i.

和我無關。

會　話

Ⓐ わたし、大学をやめる。

wa.ta.shi./da.i.ga.ku.o./ya.me.ru.

我想從大學退學。

Ⓑ 好きにしなさい。

su.ki.ni.shi.na.sa.i.

隨你便。

▶ 約束(やくそく)する。

ya.ku.so.ku.su.ru.

我向你保證。

說 明

向對方許下承諾時，可以用這句話來表示自己會信守承諾。

類 句

指(ゆび)きり。

yu.bi.ki.ri.

打勾勾。

會 話

A 明日(あした)からタバコをやめる。

a.shi.ta.ka.ra./ta.ba.ko.o.ya.me.ru.

我明天開始戒菸。

B 約束(やくそく)して、もう絶対(ぜったい)吸わないって。

ya.ku.so.ku.shi.te./mo.u.ze.tta.i.su.wa.na.i.tte.

你保證，絕對不再吸。

A うん、約束(やくそく)する。

u.n./ya.ku.so.ku.su.ru.

嗯，我向你保證。

track 046

▶びっくりしました。

bi.kku.ri.shi.ma.shi.ta.

你嚇到我了。

說明

遇到了突然的狀況，要表示內心的驚嚇時，就可以用這句話。要注意的是，說這句話時要用過去式喔！

類句

驚(おどろ)いた。

o.do.ro.i.ta.

真是訝異！

嚇(おど)かしすぎだって。

o.do.ka.shi.su.gi.da.tte.

嚇一跳！

例句

例 おっ！びっくりしました。何(なに)か？

o./bi.kku.ri.shi.ma.shi.ta./na.ni.ka.

喔，嚇我一跳。有什麼事？

例 びっくりさせないでよ。

bi.kku.ri.sa.se.na.i.de.yo.

別嚇我。

track 046

▶ だめ！

da.me.

絕對不可以。

說明

這句話是表示禁止的意思，通常是用在和平輩或是晚輩的對話間。我們常常可以在親子對話間，聽到家長禁止小孩做某件事時，會說「だめ」這句話。

類句

よくないよ。

yo.ku.na.i.yo.

不好吧！

會話

Ⓐ このケーキ、食(た)べていい？

ko.no.ke.e.ki./ta.be.te.i.i.

我可以吃這個蛋糕嗎？

Ⓑ だめ！

da.me.

不可以！

track 047

▶おかしいなあ。

o.ka.shi.i.na.a.

真奇怪。

說明

遇到了可疑的事情，或是覺得情況不對勁的時候，就可以用這句話來表示心中的疑惑和不安。

類句

何(なに)もないといいですが。

na.ni.mo.na.i.to./i.i.de.su.ga.

最好是沒這回事，但……。

怪(あや)しいなあ。

a.ya.shi.i.na.a.

真可疑。

例句

例 おかしいなあ。コピー機(き)が動(うご)かない。

o.ka.shi.i.na.a./ko.pi.i.ki.ga./u.go.ka.na.i.

真奇怪，影印機不能動。

● track 047

▶ ちょっと。

cho.tto.

有一點。

說明

這句話也表示「有一點」的意思，在形容詞前面加上這字，就是「稍微有點…」的意思。此外，如果接到了別人的邀請，但是因為有事無法答應，或是並不想去的時候，就可以用這句話來表示婉拒。而要是邀請對方而對方說了這句話時，就該識相的放棄。

類句

なんか。

na.n.ka.

有一點。

少（すこ）しだけ。

su.ko.shi.da.ke.

有一點。

會話

A 一人（ひとり）で大丈夫（だいじょうぶ）？

hi.to.ri.de./da.i.jo.u.bu.

一個人沒問題嗎？

B ちょっとね。

cho.tto.ne.

好像不太行耶。

track 048

この間(あいだ)はどうも。

ko.no.a.i.da.wa./do.u.mo.

上次謝謝你。

說明

日本人是相當注重禮貌的民族，所以若是受到了別人的幫助，或是拜訪過別人，日後再見面的時候，一定要記得謝謝對方前些日子的照顧，這時候就要用上這句話了。

類句

どうもご親切(しんせつ)に。

do.u.mo./go.shi.n.se.tsu.ni.

謝謝你，你對我真好。

おかげさまで。

o.ka.ge.sa.ma.de.

託您的福。

會話

Ⓐ 関原(せきはら)さん、この間(あいだ)はどうも。

se.ki.ha.ra.sa.n./ko.no.a.i.da.wa./do.u.mo.

關原先生，上次謝謝你了。

Ⓑ いいえ、また機会(きかい)があったらぜひご一緒(いっしょ)しましょう。

i.i.e./ma.ta.ki.ka.i.ga./a.tta.ra./ze.hi.go.i.ssho.shi.ma.sho.u.

沒什麼，下次有機會的話我們再一起合作吧。

track 048

▶ 少々お待ちください。

sho.u.sho.u./o.ma.chi.ku.da.sa.i.

等一下。

說明

遇到來訪或來電的客人時，要請對方稍等一下時，就會用這種較禮貌的說話請對方稍等一下。

會話

A はい、橋本です。

ha.i./ha.shi.mo.to.de.su.

喂，這裡是橋本家。

B 金田と申しますが、雪さんはいらっしゃいますか？

ka.ne.da.to./mo.u.shi.ma.su.ga./yu.ki.sa.n.wa./i.ra.ssha.i.ma.su.ka.

敝姓金田，請問小雪在嗎？

A はい、少々お待ちください。

ha.i./sho.u.sho.u./o.ma.chi.ku.da.sa.i.

在，請稍等一下。

▶ついてる。

tsu.i.te.i.ru.

真走運！

說　明

遇到了運氣正好，做事一帆風順的時候，就可以用這句話來代表。相反的，不走運則是「ついていない」。

類　句

運(うん)がいい。

u.n.ga.i.i.

運氣好。

會　話

A 宝(たから)くじが当(あ)たった！

ta.ka.ra.ku.ji.ga./a.ta.tta.

我中了彩券了！

B 本当(ほんとう)？ついてるね。

ho.n.to.u./tsu.i.te.ru.ne.

真的假的？你真走運！

track 049

▶ お任(まか)せください。

o.ma.ka.se./ku.da.sa.i.

交給我吧！

說　明

如果遇到了重大的任務或挑戰時，想要表示自信滿滿，就可以用這句話，帶有「交給我吧！」「看我的！」的意思。

類　句

自信満々(じしんまんまん)。

ji.shi.n.ma.n.ma.n.

我很有信心。

楽勝(らくしょう)さ。

ra.ku.sho.u.sa.

輕而易舉。

會　話

Ⓐ お任(まか)せください。

o.ma.ka.se.ku.da.sa.i.

交給我吧！

Ⓑ がんばってね。

ga.n.ba.tte.ne.

加油。

track 050

▶ こんにちは

ko.n.ni.chi.wa

你好。

說明

相當於中文中的「你好」。在和較不熟的朋友，還有鄰居打招呼時使用，是除了早安和晚安之外，較常用的打招呼用語。

會話

Ⓐ こんにちは。

ko.n.ni.chi.wa.

你好。

Ⓑ こんにちは、いい天気(てんき)ですね。

ko.n.ni.chi.wa./i.i.te.n.ki.de.su.ne.

你好，今天天氣真好呢！

會話

Ⓐ 篤志(あつし)さん、こんにちは。

a.tsu.shi.sa.n./ko.n.ni.chi.wa.

篤志先生，你好。

Ⓑ やあ、奈津美(なつみ)さん、こんにちは。

ya.a./na.tsu.mi.sa.n./ko.n.ni.chi.wa.

啊，奈津美小姐，你好。

track 050

▶すみません。

su.mi.ma.se.n.

不好意思。／謝謝。

說　明

「すみません」也可說成「すいません」，這句話可說是日語會話中最常用、也最好用的一句話。無論是在表達歉意、向人開口攀談、甚至是表達謝意時，都可以用「すみません」一句話來表達自己的心意。用日語溝通時經常使用此句，絕對不會失禮。

例　句

例 あっ、すみません。

a./su.mi.ma.se.n.

啊，對不起。

例 あのう、すみません。

a.no.u./su.mi.ma.se.n.

那個，不好意思。（請問……）

例 わざわざ来てくれて、すみません。

wa.za.wa.za./ki.te.ku.re.te./su.mi.ma.se.n.

勞煩您特地前來，真是謝謝。

track 051

▶ おはよう。

o.ha.yo.u.

早安。

說明

在早上遇到人時都可以用「おはようございます」來打招呼，較熟的朋友可以只說「おはよう」。另外在職場上，當天第一次見面時，就算不是早上，也可以說「おはようございます」。

例句

例 課長(かちょう)、おはようございます。

ka.cho.u./o.ha.yo.u./go.za.i.ma.su.

課長，早安。

例 おはよう。今日(きょう)も暑(あつ)いね。

o.ha.yo.u./kyo.u.mo./a.tsu.i.ne.

早安。今天還是很熱呢！

例 お父(とう)さん、おはよう。

o.to.u.sa.n./o.ha.yo.u.

爸，早安。

例 おはよう、今日(きょう)もいい天気(てんき)ですね。

o.ha.yo.u./kyo.u.mo.i.i.te.n.ki.de.su.ne.

早安。今天也是好天氣呢！

例 おはようございます、お出(で)かけですか？

o.ha.yo.u.go.za.i.ma.su./o.de.ka.ke.de.su.ka.

早安，要出門嗎？

track 051

▶ おやすみ。

o.ya.su.mi.

晚安。

說明

晚上睡前向人道晚安，祝福對方也有一夜好眠。

會話

A 眠(ねむ)いから先(さき)に寝(ね)るわ。

ne.mu.i.ka.ra./sa.ki.ni.nu.ru.wa.

我想睡了，先去睡囉。

B うん、おやすみ。

u.n./o.ya.su.mi.

嗯，晚安。

會話

A では、おやすみなさい。明日(あした)も頑張(がんば)りましょう。

de.wa./o.ya.su.mi.na.sa.i./a.shi.ta.mo./ga.n.ba.ri.ma.sho.u.

那麼，晚安囉。明天再加油吧！

B はい。おやすみなさい。

ha.i./o.ya.su.mi.na.sa.i.

好的，晚安。

▶ありがとう。

a.ri.ga.to.u.

謝謝。

說明

向人道謝時，若對方比自己地位高，可以用「ありがとうございます」。而一般的朋友或是後輩，則是說「ありがとう」即可。

例句

例 どうもわざわざありがとう。

do.u.mo./wa.za.wa.sa.a.ri.ga.to.u.

謝謝你的用心。

例 ありがとうございます。

a.ri.ga.to.u./go.za.i.ma.su.

謝謝。

例 感動（かんどう）と興奮（こうふん）をありがとう。

ka.n.do.u.to./ko.u.fu.n.o./a.ri.ga.to.u.

謝謝你帶給我的感動和興奮。

例 手伝（てつだ）ってくれてありがとう。

te.tsu.da.tte.ku.re.te./a.ri.ga.to.u.

謝謝你的幫忙。

● track 052

▶ごめん。

go.me.n.

對不起。

說 明

「ごめん」和「すみません」比起來，較不正式。只適合用於朋友、家人間。若是不小心撞到別人，或是向人鄭重道歉時，還是要用「すみません」才不會失禮喔！

例 句

例 ごめん、今日は用事があるんだ。

go.me.n./kyo.u.wa.yo.u.ji.ga.a.ru.n.da.

對不起，我今天剛好有事。

例 名前を間違えちゃってごめんね。

na.ma.e.o./ma.chi.ga.e.cha.te./go.me.n.ne.

弄錯了你的名字，對不起。

例 ごめんなさい。

go.me.n.na.sa.i.

真對不起。

例 約束を守らなくてごめんなさい。

ya.ku.so.ku.o./ma.mo.ra.na.ku.te./go.me.n.na.sa.i.

不能遵守約定，真對不起。

▶ いただきます。

i.ta.da.ki.ma.su.

開動了。

說明

日本人用餐前，都會說「いただきます」，即使是只有自己一個人用餐的時候也照說不誤。這樣做表現了對食物的感激和對料理人的感謝。

會話

A 先(さき)に食(た)べてね。

sa.ki.ni.ta.be.te.ne.

你先吃吧！

B じゃあ、いただきます。

ja.a./i.ta.da.ki.ma.su.

那我開動了。

例句

例 お先(さき)にいただきます。

o.sa.ki.ni./i.ta.da.ki.ma.su.

我先開動了。

例 いい匂(にお)いがする！いただきます。

i.i.ni.o.i.ga./su.ru./i.ta.da.ki.ma.su.

聞起來好香喔！我要開動了。

track 053

▶ 行(い)ってきます。

i.tte.ki.ma.su.

我要出門了。

說明

在出家門前，或是公司的同事要出門處理公務時，都會說「行ってきます」，告知自己要出門了。另外參加表演或比賽時，上場前也會說這句話喔！

會話

A じゃ、行(い)ってきます。

ja./i.tte.ki.ma.su.

那麼，我要出門了。

B 行(い)ってらっしゃい、鍵(かぎ)を忘(わす)れないでね。

i.tte.ra.ssha.i./ka.gi.o.wa.su.re.na.i.de.ne.

慢走。別忘了帶鑰匙喔。

會話

A お客(きゃく)さんのところに行(い)ってきます。

o.kya.ku.sa.no.no./to.ko.ro.ni./i.tte.ki.ma.su.

我去拜訪客戶了。

B 行(い)ってらっしゃい。頑張(がんば)ってね。

i.tte.ra.ssha.i./ga.n.ba.tte.ne.

請慢走。加油喔！

▶ 行(い)ってらっしゃい。

i.tte.ra.ssha.i.

請慢走。

說明

聽到對方說「行ってきます」的時候，我們就要說「行ってらっしゃい」表示祝福之意。

例句

例 行(い)ってらっしゃい。気(き)をつけてね。

i.tte.ra.ssha.i./ki.o.tsu.ke.te.ne.

請慢走。路上小心喔！

例 おはよう、行(い)ってらっしゃい。

o.ha.yo.u./i.tte.ra.ssha.i.

早啊，請慢走。

例 気(き)をつけて行(い)ってらっしゃい。

ki.o.tsu.ke.te./i.tte.ra.ssha.i.

路上請小心慢走。

例 行(い)ってらっしゃい。早(はや)く帰(かえ)ってきてね。

i.tte.ra.ssha.i./ha.ya.ku.ka.e.te.ki.te.ne.

慢走，早點回來喔！

• track 054

▶ただいま。

ta.da.i.ma.

我回來了。

說　明

從外面回到家中或是公司時，會說這句話來告知大家自己回來了。另外，回到久違的地方，也可以說「ただいま」。

會　話

Ⓐ ただいま。

ta.da.i.ma.

我回來了。

Ⓑ お帰(かえ)り。手(て)を洗(あら)って、うがいして。

o.ka.e.ri./te.o.a.ra.tte./u.ga.i.shi.te.

歡迎回來。快去洗手、漱口。

會　話

Ⓐ ただいま。

ta.da.i.ma.

我回來了。

Ⓑ お帰(かえ)りなさい、今日(きょう)はどうだった？

o.ka.e.ri.na.sa.i./kyo.u.wa.do.u.da.tta.

歡迎回來。今天過得如何？

track 055

▶ お帰り。

o.ka.e.ri.

歡迎回來。

說明

遇到從外面歸來的家人或朋友，表示自己歡迎之意時，會說「お帰り」，順便慰問對方在外的辛勞。

會話

A ただいま。

ta.da.i.ma.

我回來了。

B お帰り。今日は遅かったね。何かあったの？

o.ka.e.ri./kyo.u.wa.o.so.ka.tta.ne./na.ni.ka.a.tta.no.

歡迎回來。今天可真晚，發生什麼事嗎？

例句

例 お母さん、お帰りなさい。

o.ka.a.sa.n./o.ka.e.ri.na.sa.i.

媽媽，歡迎回家。

例 由紀君、お帰り。テーブルにおやつがあるからね。

yu.ki.ku.n./o.ka.e.ri./te.e.bu.ru.ni./o.ya.tsu.ga.a.ru.ka.ra.ne.

由紀，歡迎回來。桌上有點心喔！

● track 055

▶ お疲れ様。

o.tsu.ka.re.sa.ma.

辛苦了。

說　明

當工作結束後，或是在工作場合遇到同事、上司時，都可以用「お疲れ様」來慰問對方的辛勞。至於上司慰問下屬辛勞，則可以用「ご苦労様」「ご苦労様でした」「お疲れ」「お疲れさん」。

例　句

例 おっ、田中さん、お疲れ様でした。

o.ta.na.ka.sa.n./o.tsu.ka.re.sa.ma.de.shi.ta.

田中先生，你辛苦了。

例 お仕事お疲れ様でした。

o.shi.go.to./o.tsu.ka.re.sa.ma.de.shi.ta.

工作辛苦了。

例 では、先に帰ります。お疲れ様でした。

de.wa./sa.ki.ni.ka.e.ri.ma.su./o.tsu.ka.re.sa.ma.de.shi.ta.

那麼，我先回家了。大家辛苦了。

例 お疲れ様。お茶でもどうぞ。

o.tsu.ka.re.sa.ma./o.cha.de.mo.do.u.zo.

辛苦了。請喝點茶。

track 056

いらっしゃい。

i.ra.ssha.i.

歡迎。

說明

到日本旅遊進到店家時，第一句聽到的就是這句話。而當別人到自己家中拜訪時，也可以用這句話表示自己的歡迎之意。

會話

A いらっしゃい、どうぞお上(あ)がりください。

i.ra.ssha.i./do.u.zo.u./o.a.ga.ri.ku.da.sa.i.

歡迎，請進來坐。

B 失礼(しつれい)します。

shi.tsu.re.i.shi.ma.su.

打擾了。

例句

例 いらっしゃいませ、ご注文(ちゅうもん)は何(なん)ですか？

i.ra.ssha.i.ma.se./go.chu.u.mo.n.wa./na.n.de.su.ka.

歡迎光臨，請要問點些什麼？

例 いらっしゃいませ、三名様(さんめいさま)ですか？

i.ra.ssha.i.ma.se./sa.n.me.i.sa.ma.de.su.ka.

歡迎光臨，請問是三位嗎？

▶ どうぞ。

do.u.so.

請。

說明

這句話用在請對方用餐、自由使用設備時，希望對方不要有任何顧慮，儘管去做。

會話

A コーヒーをどうぞ。

ko.o.hi.i.o.do.u.zo.

請喝咖啡。

B ありがとうございます。

a.ri.ga.to.u./go.za.i.ma.su.

謝謝。

例句

例 どうぞお先に。

do.u.zo./o.sa.ki.ni.

您請先。

例 はい、どうぞ。

ha.i./do.u.zo.

好的，請用。

例 どうぞよろしく。

do.u.zo./yo.ro.shi.ku.

請多包涵。

track 057

▶ どうも。

do.u.mo.

你好。／謝謝。

說明

和比較熟的朋友或是後輩，見面時可以用這句話來打招呼。向朋友表示感謝時，也可以用這句話。

會話

Ⓐ そこのお皿(さら)を取(と)って。

so.ko.no.o.sa.ra.o./to.tte.

可以幫我拿那邊的盤子嗎？

Ⓑ はい、どうぞ。

ha.i./do.u.zo.

在這裡，請拿去用。

Ⓐ どうも。

do.u.mo.

謝謝。

例句

例 この間(あいだ)はどうも。

ko.no.a.i.da.wa./do.u.mo.

前些日子謝謝你了。

●track 057

▶ もしもし。

mo.shi.mo.shi.

喂。

說明

當電話接通時所講的第一句話，用來確認對方是否聽到了。

會話

Ⓐ もしもし、田中（たなか）さんですか？

mo.shi.mo.shi./ta.na.ka.sa.n.de.su.ka.

喂，請問是田中嗎？

Ⓑ はい、そうです。

ha.i./so.u.de.su.

是的，我就是。

會話

Ⓐ もしもし、聞（き）こえますか？

mo.shi.mo.shi./ki.ko.e.ma.su.ka.

喂，聽得到嗎？

Ⓑ ええ、どなたですか？

e.e./do.na.ta.de.su.ka.

嗯，聽得到。請問是哪位？

▶ よい一日（いちにち）を。

yo.i.i.chi.ni.chi.o.

祝你有美好的一天。

說　明

「よい」在日文中是「好」的意思，後面接上了「一日」就表示祝福對方能有美好的一天。

例　句

例 よい一日（いちにち）を。

yo.i.i.chi.ni.chi.o.

也祝你有美好的一天。

例 よい休日（きゅうじつ）を。

yo.i.kyu.u.ji.tsu.o.

祝你有個美好的假期。

例 よいお年（とし）を。

yo.i.o.to.shi.o.

祝你有美好的一年。

例 よい週末（しゅうまつ）を。

yo.i.shu.u.ma.tsu.o.

祝你有個美好的週末。

● track 058

▶ お久(ひさ)しぶりです。

o.hi.sa.shi.bu.ri.de.su.

好久不見。

說 明

在和對方久別重逢時，見面時可以用這句，表示好久不見。

類 句

ご無沙汰(ぶさた)です。

go.bu.sa.ta.de.su.

好久不見了。

しばらくです。

shi.ba.ra.ku.de.su.

好久不見了。

會 話

Ⓐ こんにちは。お久(ひさ)しぶりです。

ko.n.ni.chi.wa./o.hi.sa.shi.bu.ri.de.su.

你好。好久不見。

Ⓑ あら、小林(こばやし)さん。お久(ひさ)しぶりです。お元気(げんき)ですか？

a.ra./ko.ba.ya.shi.sa.n./o.hi.sa.shi.bu.ri.de.su./o.ge.n.ki.de.su.ka.

啊，小林先生。好久不見了。近來好嗎？

track 059

▶ さよなら。

sa.yo.na.ra.

再會。

說 明

「さよなら」多半是用在雙方下次見面的時間是很久以後，或者是其中一方要到遠方時。若是和經常見面的人道別，則是用「じゃ、また」就可以了。

例 句

例 じゃ、さよなら。

ja./sa.yo.na.ra.

好的，再會。

例 さよならパーティー。

sa.yo.na.ra.pa.a.ti.i.

惜別會。

例 明日(あした)は卒業式(そつぎょうしき)でいよいよ学校(がっこう)ともさよならだ。

a.shi.ta.wa./so.tsu.gyo.u.shi.ki.de./i.yo.i.yo./ga.kkou.to.mo./sa.yo.na.ra.

明天的畢業典禮上就要和學校說再見了。

• track 059

▶ 失礼（しつれい）します。

shi.tsu.re.i.shi.ma.su.

再見。／抱歉。

說　明

當自己覺得懷有歉意，或者是可能會打擾對方時，可以用這句話來表示。而當自己要離開，或是講電話時要掛電話前，也可以用「失礼します」來表示再見。

會　話

Ⓐ これで失礼（しつれい）します。

ko.re.de./shi.tsu.re.i.shi.ma.su.

不好意思我先離開了。

Ⓑ はい。ご苦労様（くろうさま）でした。

ha.i./go.ku.ro.u.sa.ma.de.shi.ta.

好的，辛苦了。

會　話

Ⓐ 返事（へんじ）が遅（おく）れて失礼（しつれい）しました。

he.n.ji.ga./o.ku.re.te./shi.tsu.re.i.shi.ma.shi.ta.

抱歉我太晚給你回音了。

Ⓑ 大丈夫（だいじょうぶ）です。気（き）にしないでください。

da.i.jo.u.bu.de.su./ki.ni.shi.na.i.de./ku.da.sa.i.

沒關係，不用在意。

▶ お大事（だいじ）に。

o.da.i.ji.ni.

請保重身體。

說明

當談話的對象是病人時，在離別之際，會請對方多保重，此時，就可以用這句話來表示請對方多注意身體，好好養病之意。

例句

例 では、お大事（だいじ）に。

de.wa./o.da.i.ji.ni.

那麼，就請保重身體。

例 どうぞお大事（だいじ）に。

do.u.zo./o.da.i.ji.ni.

請保重身體。

例 お大事（だいじ）に、早（はや）くよくなってくださいね。

o.ka.i.ji.ni./ha.ya.ku./yo.ku.na.tte./ku.da.sa.i.ne.

請保重，要早點好起來喔！

● track 060

▶ 申し訳ありません。

mo.u.shi.wa.ke.a.ri.ma.se.n.

深感抱歉。

說　明

想要鄭重表達自己的歉意，或者是向地位比自己高的人道歉時，只用「すみません」，會顯得誠意不足，應該要使用「申し訳ありません」「申し訳ございません」，表達自己深切的悔意。

例　句

例 申し訳ありません。ただいま点検します。

mo.u.shi.wa.ke.a.ri.ma.se.n./ta.da.i.ma.te.n.ke.n.shi.ma.su.

真是深感抱歉，我們現在馬上去檢查。

例 みなさんに申し訳ない。

mi.na.sa.n.ni./mo.u.shi.wa.ke.na.i.

對大家感到抱歉。

例 申し訳ありませんが、明日は出席できません。

mo.u.shi.wa.ke.a.ri.ma.se.n.ga./a.shi.ta.wa./shu.sse.ki.de.ki.ma.se.n.

真是深感抱歉，我明天不能參加了。

track 061

▶ 迷惑(めいわく)をかける。

me.i.wa.ku.o.ka.ke.ru.

造成困擾。

說 明

日本社會中，人人都希望盡量不要造成別人的困擾，因此當自己有可能使對方感到不便時，就會主動道歉，而生活中也會隨時提醒自己的小孩不要影響到他人。

類 句

人(ひと)の迷惑(めいわく)にならないように気(き)をつけて。

hi.to.no.me.i.wa.ku.ni./na.ra.na.i.yo.u.ni./ki.o.tsu.ke.te.

小心不要造成別人的困擾。

例 句

例 ご迷惑(めいわく)をおかけして申(もう)し訳(わけ)ありませんでした。

go.me.i.wa.ku.o./o.ka.ke.shi.te./mo.u.shi.wa.ke.a.ri.ma.se.n.de.shi.ta.

造成您的困擾，真是深感抱歉。

例 他人(たにん)に迷惑(めいわく)をかけるな！

ta.ni.n.ni./me.i.wa.ku.o.ka.ke.ru.na.

不要造成別人的困擾！

● track 061

▶ どうもご親切(しんせつ)に。

do.u.mo./go.shi.n.se.tsu.ni.

謝謝你的好意。

說 明

「親切」指的是對方的好意，和中文的「親切」意思非常相近。當自己接受幫助時，別忘了感謝對方的好意喔！

例 句

例 どうもご親切(しんせつ)に。

do.u.mo.go.shi.n.se.tsu.ni.

謝謝你的好意。

例 ご親切(しんせつ)は忘(わす)れません。

go.shi.n.se.tsu.wa./wa.su.re.ma.se.n.

你的好意我不會忘記的。

例 花田(はなだ)さんは本当(ほんとう)に親切(しんせつ)な人(ひと)だ。

ha.na.da.sa.n.wa./ho.n.to.u.ni./shi.n.se.tsu.na.hi.to.da.

花田小姐真是個親切的人。

track 062

▶ 恐れ入ります。

o.so.re.i.ri.ma.su.

抱歉。／不好意思。

說明

這句話含有誠惶誠恐的意思，當自己有求於人，又怕對方正在百忙中無法抽空時，就會用這句話來表達自己實在不好意思之意。

例句

例 お休み中に恐れ入ります。

o.ya.su.mi.chu.u.ni./o.so.re.i.ri.ma.su.

不好意思，打擾你休息。

例 ご迷惑を掛けまして恐れ入りました。

go.me.i.wa.ku.o.ka.ke.ma.shi.te./o.so.re.i.ri.ma.shi.ta.

不好意思，造成你的麻煩。

例 まことに恐れ入ります。

ma.ko.to.ni./o.so.re.i.ri.ma.su.

真的很不好意思。

例 恐れ入りますが、今何時でしょうか？

o.so.re.i.ri.ma.su.ga./i.ma.na.n.ji.de.sho.u.ka.

不好意思，請問現在幾點？

● track 062

▶ お世話になりました。

o.se.wa.ni.na.ri.ma.shi.ta.

受您照顧了。

說　明

接受別人的照顧，在日文中就稱為「世話」。無論是隔壁鄰居，還是小孩學校的老師，都要感謝對方費心照應。

會　話

Ⓐ いろいろお世話になりました。ありがとうございます。

i.ro.i.ro./o.se.wa.ni.na.ri.ma.shi.ta./a.ri.ga.to.u./go.za.i.ma.su.

受到你很多照顧，真的很感謝你。

Ⓑ いいえ、こちらこそ。

i.i.e./ko.chi.ra.ko.so.

哪兒的話，彼此彼此。

例　句

例 子供の世話をする。

ko.do.mo.no.se.wa.o.su.ru.

照顧小孩。

例 彼の世話になった。

ka.re.no.se.wa.ni.na.tta.

受他照顧了。

track 063

▶ 遠慮しないで。

e.n.ryo.u.shi.na.i.de.

不用客氣。

說　明

因為日本民族性中，為了盡量避免造成別人的困擾，總是經常拒絕或是有所保留。若遇到這種情形，想請對方不用客氣，就可以使用這句話。

會　話

Ⓐ 遠慮しないで、たくさん召し上がってくださいね。

e.n.ryo.u.shi.na.i.de./ta.ku.sa.n.me.shi.a.ga.tte./ku.da.sa.i.ne.

不用客氣，請多吃點。

Ⓑ では、お言葉に甘えて。

de.wa./o.ko.to.ba.ni.a.ma.e.te.

那麼，我就恭敬不如從命。

例　句

例 ご遠慮なく。

go.e.n.ryo.na.ku.

請別客氣。

例 遠慮なくちょうだいします。

e.n.ryo.na.ku./cho.u.da.i.shi.ma.su.

那我就不客氣了。

● track 063

▶ お待(ま)たせ。

o.ma.ta.se.

久等了。

說　明

當朋友相約，其中一方較晚到時，就可以說「お待たせ」。而在比較正式的場合，比如說是面對客戶時，無論對方等待的時間長短，還是會說「お待たせしました」，來表示讓對方久等了，不好意思。

會　話

Ⓐ ごめん、お待(ま)たせ。

go.me.n./o.ma.ta.se.

對不起，久等了。

Ⓑ ううん、行(い)こうか。

u.u.n./i.ko.u.ka.

不會啦！走吧。

例　句

例 お待(ま)たせしました。

o.ma.ta.se.shi.ma.shi.ta.

讓你久等了。

例 お待(ま)たせいたしました。

o.ma.ta.se.i.ta.shi.ma.shi.ta.

讓您久等了。

track 064

▶とんでもない。

to.n.de.mo.na.i.

哪兒的話。／太不合情理了啦！

說　明

這句話是用於表示謙虛。當受到別人稱讚時，回答「とんでもないです」，就等於是中文的「哪兒的話」。而當自己接受他人的好意時，則用這句話表示自己沒有好到可以接受對方的盛情之意。

會　話

Ⓐ これ、つまらない物（もの）ですが。

ko.re./tsu.ma.ra.na.i.mo.no.de.su.ga.

送你，這是一點小意思。

Ⓑ お礼（れい）をいただくなんてとんでもないことです。

o.re.i.o.i.ta.da.ku.na.n.te./to.n.de.mo.na.i.ko.to.de.su.

怎麼能收你的禮？真是太不合情理了啦！

例　句

例 とんでもありません。

to.n.de.mo.a.ri.ma.se.n.

哪兒的話。

例 まったくとんでもない話（はなし）だ。

ma.tta.ku.to.n.de.mo.na.i.ha.na.shi.da.

真是太不合情理了。

• track 064

▶ せっかく。

se.kka.ku.

難得。

說明

遇到兩人難得相見的場面，可以用「せっかく」來表示機會難得。有時候，則是用說明自己或是對方專程做了某些準備，但是結果卻不如預期的場合。

會話

Ⓐ せっかくですから、ご飯(はん)でも行(い)かない？

se.kka.ku.de.su.ka.ra./go.ha.n.de.mo.i.ka.na.i.

難得見面，要不要一起去吃飯？

Ⓑ ごめん、ちょっと。

go.me.n./sho.tto.

對不起，我還有點事。

例句

例 せっかくの料理(りょうり)が冷(さ)めてしまった。

se.kka.ku.no.ryo.ri.ga./sa.me.te.shi.ma.tta.

特地做的餐點都冷了啦！

例 せっかくですが結構(けっこう)です。

se.kka.ku.de.su.ga./ke.kko.u.de.su.

難得你特地邀約，但不用了。

track 065

おかげで。

o.ka.ge.de.

託福。

説 明

當自己接受別人的恭賀時，在道謝之餘，同時也感謝對方之前的支持和幫忙，就會用「おかげさまで」來表示自己的感恩之意。

會 話

A 試験(しけん)はどうだった？

shi.ke.n.wa./do.u.da.tta.

考試結果如何？

B 先生(せんせい)のおかげで合格(ごうかく)しました。

se.n.se.i.no.o.ka.ge.de./go.u.ka.ku.shi.ma.shi.ta.

託老師的福，我通過了。

例 句

例 おかげさまで。

o.ka.ge.sa.ma.de.

託你的福。

例 あなたのおかげです。

a.na.ta.no.o.ka.ge.de.su.

託你的福。

● track 065

▶ やった！

ya.tta.

太棒了！

說　明

當自己總於完成了某件事，或者是事情的發展正合自己所願時，就可以用這個關鍵字表示興奮的心情。而若是遇到了幸運的事，也可以用這個字來表示。另外可拉長音為「やったー」。

會　話

A 今日(きょう)のご飯はすき焼(や)きだよ。

o.ka.e.ri./kyo.u.no.go.ha.n.wa./su.ki.ya.ki.da.yo.

歡迎回家。今天吃壽喜燒喔！

B やった！

ta.tta.

太棒了！

會　話

A やった！合格(ごうかく)した。

ya.tta./go.u.ka.ku.shi.ta.

太棒了，我被錄取了。

B おめでとう！よかったね。

o.me.de.to.u./yo.ka.tta.ne.

恭喜你，真是太好了。

▶ よかった。

yo.ka.tta.

還好。／好險。

說明

原本預想事情會有不好的結果，或是差點就鑄下大錯，但還好事情是好的結果，就可以用這個關鍵字來表示自己鬆了一口氣，剛才真是好險的意思。

會話

Ⓐ 教室(きょうしつ)に財布(さいふ)を落(お)としたんですが。

kyo.u.shi.tsu.ni./sa.i.fu.o./o.to.shi.ta.n.de.su.ga.

我的皮夾掉在教室裡了。

Ⓑ これですか？

ko.re.de.su.ka.

是這個嗎？

Ⓐ はい、これです。よかった。

ha.i./ko.re.de.su./yo.ka.tta.

對，就是這個。真是太好了。

例句

㊎ 間(ま)に合(あ)ってよかったね。

ma.ni.a.tte.yo.ka.tta.ne.

還好來得及。

▶ 最高(さいこう)。

sa.i.ko.u.

超級棒。／最好的。

說明

用來形容自己在自己的經歷中覺得非常棒、無與倫比的事物。除了有形的物品之外，也可以用來形容經歷、事物、結果等。

會話

A ここからのビューは最高(さいこう)ね。

ko.ko.ka.ra.no.byu.u.wa./sa.i.ko.u.ne.

從這裡看出去的景色是最棒的。

B うん。素敵(すてき)だね。

u.n./su.te.ki.da.ne.

真的很棒。

例句

例 この映画(えいが)は最高(さいこう)に面白(おもしろ)かった！

ko.no.e.i.ga.wa./sa.i.ko.u.ni./o.mo.shi.ro.ka.tta.

這部電影是我看過最好看、有趣的。

例 最高(さいこう)の夏休(なつやす)みだ。

sa.i.ko.u.no./na.tsu.ya.su.mi.da.

最棒的暑假。

track 067

▶ 素晴らしい！

su.ba.ra.shi.i.

真棒！／很好！

說 明

想要稱讚對方做得很好，或是遇到很棒的事物時，都可以「素晴らしい」來表示自己的激賞之意。

會 話

Ⓐ この人の演奏はどう？

ko.no.hi.to.no.e.n.so.u.wa./do.u.

那個人的演奏功力如何？

Ⓑ いやあ、素晴らしいの一言だ。

i.ya.a./su.ba.ra.shi.i.no./hi.to.ko.to.da.

只能用「很棒」這個詞來形容。

例 句

例 このアイデアはユニークで素晴らしいです。

ko.no.a.i.de.a.wa./yu.ni.i.ku.de./su.ba.ra.shi.i.de.su.

這個想法真獨特，實在是太棒了。

例 わたしも行けたらなんと素晴らしいだろう。

wa.ta.shi.mo.i.ke.ta.ra./na.n.to.su.ba.ra.shi.i.da.ro.u.

要是我也有去就好了。

● track 067

▶ 当(あ)たった。

a.ta.tta.

中了。

說明

「当たった」帶有「答對了」、「猜中了」的意思，一般用在中了彩券、樂透之外。但有時也會用在得了感冒、被石頭打到等之類比較不幸的事情。

例句

例 宝(たから)くじが当(あ)たった！

ta.ka.ra.ku.ji.ga./a.ta.tta.

我中樂透了！

例 抽選(ちゅうせん)でパソコンが当(あ)たった！

chu.u.se.n.de./pa.so.ko.n.ga./a.ta.tta.

我抽中電腦了。

例 飛(と)んできたボールが頭(あたま)に当(あ)たった。

to.n.de.ki.ta./bo.o.ru.ga./a.ta.ma.ni./a.ta.tta.

被飛來的球打到頭。

track 068

▶ラッキー！

ra.kki.i.

真幸運。

說明

用法和英語中的「lucky」的意思一樣。遇到了自己覺得幸運的事情時，就可以使用。

會話

Ⓐ ちょうどエレベーターが来(き)た。行(い)こうか。

cho.u.do.e.re.be.e.ta.a.ga.ki.ta./i.ko.u.ka.

剛好電梯來了，走吧！

Ⓑ ラッキー！

ra.kki.i.

真幸運！

例句

例 ラッキーな買(か)い物(もの)をした。

ra.kki.i.na.ka.i.mo.no.o./shi.ta.

很幸運買到好東西。

例 今日(きょう)のラッキーカラーは緑(みどり)です。

kyo.u.no./ra.kki.i.ka.ra.a.wa./mi.do.ri.de.su.

今天的幸運色是綠色。

• track 068

▶ ほっとした。

ho.tto.shi.ta.

鬆了一口氣。

說　明

對於一件事情曾經耿耿於懷、提心吊膽，但獲得解決後，放下了心中的一塊大石頭，就可以說這句「ほっとした」，來表示鬆了一口氣。

會　話

Ⓐ 先生(せんせい)と相談(そうだん)したら、なんかほっとした。

se.n.se.i.to.so.u.da.n.shi.ta.ra./na.n.ka.ho.tto.shi.ta.

和老師談過之後，覺得輕鬆多了。

Ⓑ よかったね。

yo.ka.tta.ne.

那真是太好了。

例　句

例 ほっとする場所(ばしょ)がほしい！

ho.tto.su.ru.ba.sho.ga./ho.shi.i.

沒有可以喘口氣的地方。

例 里香(りか)ちゃんの笑顔(えがお)に出会(であ)うとほっとします。

ri.ka.cha.n.no./i.ga.o.ni.de.a.u.to./ho.tto.shi.ma.su.

看到里香你的笑容就覺得鬆了一口氣。

track 069

楽しかった。

ta.no.shi.ka.tta.

真開心。

說明

這個關鍵字是過去式，也就是經歷了一件很歡樂的事或過了很愉快的一天後，會用這個關鍵字來向對方表示自己覺得很開心。

會話

A 今日は楽しかった。

kyo.u.wa./ta.no.shi.ka.tta.

今天真是開心。

B うん、また一緒に遊ぼうね。

u.n./ma.ta.i.ssho.ni./a.so.bo.u.ne.

是啊，下次再一起玩吧！

例句

例 とても楽しかったです。

to.te.mo.ta.no.shi.ka.tta.de.su.

覺得十分開心。

例 今日も一日楽しかった。

kyo.u.mo./i.chi.ni.chi./ta.no.shi.ka.tta.

今天也很開心。

● track 069

▶ あった。

a.tta.

有了！

說明

突然想起一件事，或是尋獲了正在找的東西時，可以用這句話。「あった」是「有」的過去式，所以要說「過去有……」時，也可以使用。

會話

Ⓐ えっ！鍵(かぎ)がない！

e./ka.gi.ga.na.i.

咦？鑰匙呢？

Ⓑ へえ？

he.e.

什麼？

Ⓐ あ、あった、あった。バッグのそこのほうに。

a./a.tta./a.tta./ba.ggu.no.so.ko.no.ho.u.ni.

啊，有了有了，在包包的最下層。

例句

例 何(なに)かいいことがあったの？

na.ni.ka.i.i.ko.to.ga./a.tta.no

有什麼好事發生嗎？

track 070

▶ いいアイデアだ。

i.i.a.i.de.a.da.

真是個好主意。

說　明

「アイデア」就是英文中的「idea」，這句話的意思就是稱讚對方的提議很不錯。想要稱讚對方的提案時，就可以用這句話來表示。

會　話

A クリスマスにお財布(さいふ)をプレゼントしようと思(おも)うの。

ku.ri.su.ma.su.ni./o.sa.i.fu.o./pu.re.ze.n.to.shi.yo.u.to./o.mo.u.no.

聖誕節就送皮夾當禮物吧！

B いいアイデアだね。

i.i.a.i.de.a.da.ne.

真是好主意。

會　話

A 何(なに)かいいアイデアはありませんか？

na.ni.ka./i.i.a.i.de.a.wa./a.ri.ma.se.n.ka.

有沒有什麼好的想法？

B うん…。

u.n.

嗯……。

● track 070

▶ うるさい。

u.ru.sa.i.

很吵。

說 明

覺得很吵，深受噪音困擾的時候，可以用這句話來形容嘈雜的環境。另外當受不了對方碎碎念，這句話也有「你很吵耶！」的意思。

會 話

A 音楽の音がうるさいです。静かにしてください。

o.n.ga.ku.no.o.to.ga./u.ru.sa.i.de.su./shi.zu.ka.ni.shi.te./ku.da.sa.i.

音樂聲實在是太吵了，請小聲一點。

B すみません。

su.mi.ma.se.n.

對不起。

會 話

A 今日、どこに行ったの？

kyo.u./do.ko.ni.i.tta.no.

你今天要去哪裡？

B うるさいなあ、放っといてくれよ。

u.ru.sa.i.na.a./ho.u.tto.i.te.ku.re.yo.

真囉嗦，別管我啦！

track 071

▶ 関係(かんけい)ない。

ka.n.ke.i.na.i.

不相關。

說明

日文中的「関係」和中文的「關係」意思相同，「ない」則是沒有的意思，所以這個關鍵字和中文中的「不相關」的用法相同。

會話

Ⓐ この仕事(しごと)は四十代(よんじゅうだい)にもできますか？

ko.no.shi.go.to.wa./yo.n.ju.u.da.i.ni.mo./de.ki.ma.su.ka.

四十多歲的人也可以做這個工作嗎？

Ⓑ 歳(とし)なんて関係(かんけい)ないですよ。

to.shi.na.n.te./ka.n.ke.i.na.i.de.su.yo.

這和年紀沒有關係。

會話

Ⓐ 何(なに)を隠(かく)してるの？

na.ni.o./ka.ku.shi.te.ru.no.

你在藏什麼？

Ⓑ お母(かあ)さんには関係(かんけい)ない！聞(き)かないで。

o.ka.a.sa.n.ni.wa./ka.n.ke.i.na.i./ki.ka.na.i.de.

和媽媽你沒有關係，少管我。

● track 071

▶ いい気味だ。

i.i.ki.mi.da.

活該。

說　明

覺得對方的處境是罪有應得時，會說「いい気味だ」來說對方真是活該。

會　話

A 先生に怒られた。

se.n.se.i.ni./o.ko.ra.re.ta.

我被老師罵了。

B いい気味だ。

i.i.ki.mi.da.

活該！

會　話

A 田中が課長に注意されたそうだ。

ta.na.ka.ga./ka.cho.u.ni./chu.u.i.sa.re.ta.so.u.da.

聽説田中被課長罵了。

B いい気味だ！あの人のことが大嫌いなの。

i.i.ki.mi.da./a.no.hi.to.no.ko.to.ga./da.i.ki.ra.i.na.no.

活該！我最討厭他了。

▶意地悪(いじわる)。

i.ji.wa.ru.

捉弄。／壞心眼。

說明

當對方刻意做出傷害自己的事，或是開了十分過分的玩笑時，就可以用這句話來形容對方這樣的作法是很過分的。

會話

A 子供(こども)の頃(ころ)いつも意地悪(いじわる)をされていた。

ko.do.mo.no.ko.ro./i.tsu.mo.i.ji.wa.ru.o./sa.re.te.i.ta.

我小時候常常被欺負。

B かわいそうに。

ka.wa.i.so.u.ni.

好可憐喔！

例句

例 意地悪(いじわる)ね。

i.ji.wa.ru.ne.

真壞。

例 意地悪(いじわる)いことに雨(あめ)まで降(ふ)ってきた。

i.ji.wa.ru.i.ko.to.ni./a.me.ma.de.fu.tte.ki.ta.

更慘的是竟然下雨了。

▶ ずるい

zu.ru.i.

真奸詐。／真狡猾。

說 明

這句話帶有抱怨的意味，覺得對方做這件事真是狡猾，對自己來說實在不公平的時候，就可以用這句話來表示。

會 話

Ⓐ 先生の目を盗んで答案用紙を見せ合って答えを書いた。

se.n.se.i.no.me.o./nu.su.n.de./to.u.a.n.yo.u.shi.o./mi.se.a.tte.ko.ta.e.o./ka.i.ta.

我們趁老師不注意的時候，偷看了彼此的答案。

Ⓑ ずるい！

zu.ru.i.

真奸詐！

會 話

Ⓐ また宝くじが当たった！

ma.ta./ta.ka.ra.ku.ji.ga./a.ta.tta.

我又中彩券了！

Ⓑ 佐藤君がうらやましいなあ！神様は本当にずるいよ！

sa.to.u.ku.n.ga./u.ra.ya.ma.shi.i.na.a./ka.mi.sa.ma.wa./ho.n.to.u.ni./zu.ru.i.yo.

佐藤，我真羨慕你。老天爺也太狡猾不公平了吧！

▶つまらない。

tsu.ma.ra.na.i.

真無趣。

說明

形容人、事、物很無趣的時候，可以用這個關鍵字來形容。也可以用在送禮的時候，謙稱自己送的禮物只是些平凡無奇的小東西。

會話

Ⓐ この番組(ばんぐみ)、面白(おもしろ)い？

mo.no.ba.n.gu.mi./o.mo.shi.ro.i.

這節目好看嗎？

Ⓑ すごくつまらない！

su.go.ku./tsu.ma.ra.na.i.

超無聊！

會話

Ⓐ つまらないものですが、どうぞ。

tsu.ma.ra.na.i.no.mo.de.su.ga./do.u.zo.

一點小意思，請笑納。

Ⓑ ありがとうございます。

a.ri.ga.to.u./go.za.i.ma.su.

謝謝你。

• track 073

▶ 変(へん)だね。

he.n.da.ne.

真奇怪。

說　明

遇到了奇怪的事情，覺得很疑惑、想不通的時候，可以用這個關鍵字來表示。「変」是中文「奇怪」的意思，如果看到對方的穿著打扮或行為很奇怪的時候，也可以用這個關鍵字來形容喔！

會　話

Ⓐ 雨(あめ)が降(ふ)ってきた。

a.me.ga./fu.tte.ki.ta.

下雨了。

Ⓑ 変(へん)だなあ。天気予報(てんきよほう)は晴(は)れるって言(い)ったのに。

he.n.da.na.a./te.n.ki.yo.ho.u.wa./ha.re.ru.tte./i.tta.no.ni.

真奇怪，氣象預報明明說會是晴天。

會　話

Ⓐ 誰(だれ)もいません。

da.re.mo.i.ma.se.n.

沒有人在。

Ⓑ 本当(ほんとう)ですか、変(へん)ですね。

ho.n.to.u.de.su.ka./he.n.de.su.ne.

真的嗎？那真是奇怪。

track 074

▶ 嘘つき。

u.so.tsu.ki.

騙子。

說明

日文「嘘」就是謊言的意思。「嘘つき」是表示說謊的人，也就是騙子的意思。如果遇到有人不守信用，或是不相信對方所說的話時，就可以用這句話來表示抗議。

類句

うっそー！

u.sso.u.

騙人！

例句

例 パパの嘘つき！

pa.pa.no.u.so.tsu.ki.

真過分！爸爸你這個大騙子。

例 嘘をつかない。嫌なことは嫌。

u.so.o.tsu.ka.na.i./i.ya.na.ko.to.wa.i.ya.

我不騙人，討厭的東西就是討厭。

● track 074

▶ 損(そん)した。

so.n.shi.ta.

虧大了。

說　明

「損」和中文中的「損失」意思相同。覺得自己吃虧了，或是後悔做了某件造成自己損失的事情，就可以用「損した」來表示生氣懊悔之意。

例　句

例 ああ、損(そん)した。

a.a./so.n.shi.ta.

真是虧大了。

例 買(か)って損(そん)した。

ka.tte.so.n.shi.ta.

買了真是損失。

例 百万円(ひゃくまんえん)を損(そん)した。

hya.ku.ma.n.e.n.o./so.n.shi.ta.

損失了一百萬。

例 知(し)らないと損(そん)する。

shi.ra.na.i.to./so.n.su.ru.

不知道就虧大了。

▶ がっかり。

ga.kka.ri.

真失望。

說明

對人或事感覺到失望的時候，可以用這個關鍵字來表現自己失望的情緒。

例句

例 合格（ごうかく）できなかった。がっかり。

go.u.ka.ku.de.ki.na.ka.tta./ga.kka.ri.

我沒有合格，真失望。

例 がっかりした。

ga.kka.ri.shi.ta.

真失望。

例 がっかりするな。

ga.kka.ri.su.ru.na.

別失望。

例 がっかりな結果（けっか）。

ga.kka.ri.na.ke.kka.

令人失望的結果。

● track 075

▶ ショック。

sho.kku.

受到打擊。

說明

聽到了震驚的事情，或是對方說了傷人的話時，就可以用這句話來表示自己深受震撼。

例句

例 えっ！ショック！

e./sho.kku.

什麼！真受傷！

例 つらいショックを受(う)けた。

tsu.ra.i.sho.kku.o./u.ke.ta.

真是痛苦的打擊。

例 へえ、ショック！

he.e./sho.kku.

什麼？真是震驚。

例 ショックです。

sho.kku.de.su.

真是嚇一跳。

▶ まいった。

ma.i.tta.

甘拜下風。／敗給你了。

說明

當比賽的時候想要認輸時，就可以用這句話來表示。另外拗不對方，不得已只好順從的時候，也可以用「まいった」來表示無可奈何。

例句

例 まいったな。よろしく頼(たの)むしかないな。

ma.i.tta.na./yo.ro.shi.ku./ta.no.mu.shi.ka.na.i.na.

我沒輒了，只好交給你了。

例 まいった！許(ゆる)してください。

ma.i.tta./yu.ru.shi.te./ku.da.sa.i.

我認輸了，請願諒我。

例 ああ、痛(いた)い。まいった！

a.a./i.ta.i./ma.i.tta.

好痛喔，我認輸了。

例 まいりました。

ma.i.ri.ma.shi.ta.

甘拜下風。

• track 076

▶ 仕方(しかた)がない。

shi.ka.ta.ga.na.i.

沒辦法。

說 明

遇到了沒辦法解決，或是沒得選擇的情況時，可以用這句話表示「沒輒了」「沒辦法了」。不得已要順從對方時，也可以用這句話來表示。

例 句

例 仕方(しかた)がないよね、素人(しろうと)なんだから。

shi.ka.ta.ga.na.i.yo.ne./shi.ro.u.to.na.n.da.ka.ra.

沒辦法啦，你是外行人嘛！

例 仕方(しかた)がありません。

shi.ka.ta.ga./a.ri.ma.se.n.

沒辦法。

例 仕方(しかた)ないね。

shi.ka.ta.na.i.ne.

沒輒了。

例 大丈夫(だいじょうぶ)だよ、それは仕方(しかた)がないよね。

da.i.jo.u.bu.da.yo./so.re.wa./shi.ka.ta.ga.na.i.yo.ne.

沒關係啦，這也是無可奈何的事。

track 077

▶ 嫌(いや)。

i.ya.

不要。／討厭。

說明

這個關鍵字是討厭的意思。對人、事、物感到極度厭惡的時候，可以使用。但若是隨便說出這句話，可是會讓對方受傷的喔！

例句

例 嫌(いや)だ。

i.ya.da.

不要。／討厭。

例 嫌(いや)ですよ。

i.ya.de.su.yo.

才不要咧。

例 嫌(いや)なんです。

i.ya.na.n.de.su.

不喜歡。

例 嫌(いや)な人(ひと)。

i.ya.na.hi.to.

討厭的人。

• track 077

▶ 無理。

mu.ri.

不可能。

說　明

絕對不可能做某件事，或是事情發生的機率是零的時候，就會用「無理」來表示絕不可能，也可以用來拒絕對方。

例　句

例 ごめん、無理です！

go.me.n./mu.ri.de.su.

對不起，那是不可能的。

例 無理無理！

mu.ri./mu.ri.

不行不行。

例 絶対無理だ。

ze.tta.i.mu.ri.da.

絕對不可能。

例 無理だよ。

mu.ri.da.yo.

不行啦！

track 078

面倒（めんどう）。

me.n.do.u.

麻煩。

說明

「面倒」有麻煩的意思，而麻煩別人，就是自己受到了照顧，所以這個字也有照顧人的意思。

例句

例 ちょっと面倒（めんどう）なことになったよ。

cho.tto.me.n.do.u.na.ko.to.ni./na.tta.yo.

這個啊，好像惹出大麻煩了。

例 ああ、面倒（めんどう）くさい！

a.a./me.n.do.u.ku.sa.i.

真麻煩！

例 面倒（めんどう）な手続（てつづ）き。

me.n.do.u.na.te.tsu.zu.ki.

麻煩的手續。

例 面倒（めんどう）を見（み）る。

me.n.do.u.o.mi.ru.

照顧。

track 078

▶ 大変(たいへん)。

ta.i.he.n.

真糟。／難為你了。

說明

在表示事情的情況變得很糟，事態嚴重時，可以用使用這個關鍵字。另外在聽對方慘痛的經歷時，也可以用這個字，來表示同情之意。

例句

例 あらっ、大変(たいへん)です！

a.ra./ta.i.he.n.de.su.

真是不好了。

例 大変(たいへん)ですね。

ta.i.he.n.de.su.ne.

真是辛苦你了。

例 すごく大変(たいへん)です。

su.go.ku.ta.i.he.n.de.su.

真辛苦。／很嚴重。

例 大変失礼(たいへんしつれい)しました。

ta.i.he.n./shi.tsu.re.i.shi.ma.shi.ta.

真的很抱歉。

• track 079

▶ 足(た)りない。

ta.ri.na.i.

不夠。

說　明

物品、金錢不足夠的時候，可以用「足りない」來表示。而覺得事情有點不到位，彷彿少了什麼的時候，也可以用這個關鍵字來表示。

例　句

例 お金(かね)が足(た)りない。

o.ka.ne.ga.ta.ri.na.i.

咦，錢不夠。

例 おかずが足(た)りない。

o.ka.zu.ga./ta.ri.na.i.

菜不夠了。

例 物足(ものた)りない。

mo.no.ta.ri.na.i.

美中不足。

例 なんか一味足(ひとあじた)りない。

na.n.ka./hi.to.a.ji.ta.ri.na.i.

好像缺少些什麼。／不夠完美。

• track 079

▶ 痛（いた）い。

i.ta.i.

真痛。

說明

覺得很痛的時候，可以說出這個關鍵字，表達自己的感覺。除了實際的痛之外，心痛（胸が痛い）、痛處（痛いところ）、感到頭痛（頭がいたい），也都是用這個字來表示。

會話

Ⓐ どうしたの？

do.u.shi.ta.no.

怎麼了？

Ⓑ のどが痛（いた）い。

no.do.ga./i.ta.i.

喉嚨好痛。

例句

例 お腹（なか）が痛（いた）い。

o.na.ka.ga./i.ta.i.

肚子痛。

例 目（め）が痛（いた）いです。

me.ga./i.ta.i.

眼睛痛。

● track 080

▶ バカ。

ba.ka.

笨蛋。

說　明

這個關鍵字對讀者來說應該並不陌生，但是在說話時要注意自己的口氣，若是加重了口氣說，就會變成辱罵別人的話，而不像是開玩笑了，所以在對話當中，還是要謹慎使用。

會　話

Ⓐ あなたは何（なに）もわかってない。健三（けんぞう）のバカ！

a.na.ta.wa./na.ni.mo.wa.ka.tte.na.i./ke.n.zo.u.no.ba.ka.

你什麼都不懂，健三你這個大笨蛋！

Ⓑ 何（なん）だよ！はっきり言（い）えよ！

na.n.da.yo./ha.kki.ri.i.e.yo.

什麼啊！明白告訴我！

例　句

例 バカなわたし。

ba.ka.na.wa.ta.shi.

我真是笨蛋。

例 バカにするな！

ba.ka.ni.su.ru.na.

不要把我當笨蛋。／少瞧不起人。

▶ なんだ。

na.n.da.

什麼嘛！

說 明

對於對方的態度或說法感到不滿，或者是發生的事實讓人覺得不服氣時，就可以用這個關鍵字來說。就像是中文裡的「什麼嘛！」「搞什麼啊！」。

會 話

Ⓐ 先(さき)にお金(かね)を入(い)れてボタンを押(お)すのよ。

sa.ki.ni./o.ka.ne.o.i.re.te./bo.ta.n.o./o.su.no.yo.

先投錢再按按鈕。

Ⓑ なんだ、そういうことだったのか。

na.n.da./so.u.i.u.ko.to.da.tta.no.ka.

什麼嘛，原來是這樣喔！

例 句

㊐ なんだよ！

na.n.da.yo.

搞什麼嘛！

㊐ なんだ！これは！

na.n.da./ko.re.wa.

這是在搞什麼！

track 081

▶ しまった。

shi.ma.tta.

糟了！

說明

做了一件蠢事，或是發現忘了做什麼時，可以用這個關鍵字來表示。相當於中文裡面的「糟了」「完了」。

會話

Ⓐ しまった！カレーに味醂(みりん)を入(い)れちゃった。

shi.ma.tta./ke.re.e.ni./mi.ri.n.o./i.re.cha.tta.

完了，我把味醂加到咖哩裡面了。

Ⓑ えっ！じゃあ、夕食(ゆうしょく)は外(そと)で食(た)べようか。

e./ja.a./yu.u.sho.ku.wa./so.to.de.ta.be.yo.u.ka.

什麼！那…，晚上只好去外面吃了。

例句

例 宿題(しゅくだい)を家(いえ)に忘(わす)れてしまった。

shu.ku.da.i.o./i.e.ni.wa.su.re.te./shi.ma.tta.

我把功課放在家裡了。

例 しまった！パスワードを忘(わす)れちゃった。

shi.ma.tta./pa.su.wa.a.do.o./wa.su.re.cha.tta.

完了！我忘了密碼。

track 081

▶ 別(べつ)に。

be.tsu.ni.

沒什麼。／不在乎。

說明

「別に」是「沒什麼」的意思，帶有「沒關係」的意思。但引申出來也有「管它的」之意，如果別人問自己意見時，回答「別に」，就有一種「怎樣都行」的輕蔑感覺，十分的不禮貌。

會話

Ⓐ 無理(むり)しないで。わたしは別(べつ)にいいよ。

mu.ri.shi.na.i.de./wa.ta.shi.wa./be.tsu.ni.i.i.yo.

別勉強，別顧慮我的感受。

Ⓑ ごめん。じゃあ今日(きょう)はパス。

go.me.n./ja.a./kyo.u.wa.pa.su.

對不起，那我今天就不參加了。

例句

例 別(べつ)にどこが気(き)に入(い)らないというわけではないんですが。

be.tsu.ni.do.ko.ka./ki.ni.i.ra.na.i./to.i.u.wa.ke.de.wa./na.i.n.de.su.ga.

也不是特別不喜歡。

track 082

▶ どいて。

do.i.te.

讓開！

說　明

生氣的時候，對於擋住自己去路的人，會用這句話來表示。若是一般想向人說「借過」的時候，要記得說「すみません」，會比較禮貌喔！

例　句

例 ちょっとどいて。

cho.tto.do.i.te.

借過一下！

例 どけ！

do.ke.

讓開！

例 どいてくれ！

do.i.te.ku.re.

給我滾到一邊去。

例 どいてください。

do.i.te.ku.da.sa.i.

請讓開。

track 082

誤解（ごかい）しないで。

go.ka.i.shi.na.i.de

別誤會。

說明

和中文裡「誤解」的意思一樣，這個關鍵字是誤會的意思。若是被別人曲解自己的意思時，要記得說「誤解しないで」請對方千萬別誤會了。

會話

A ええ？この指輪（ゆびわ）、誰（だれ）からもらったの？

e.e./ko.no.yu.bi.wa./da.re.ka.ra.mo.ra.tta.no.

這戒指是誰給你的？

B 母（はは）からもらったの。誤解（ごかい）しないで。

ha.ha.ka.ra.mo.ra.tta.no./go.ka.i.shi.na.i.de.

是我媽送我的，你可別誤會喔！

例句

例 いろいろな誤解（ごかい）がある。

i.ro.i.ro.na./go.ka.i.ga.a.ru.

有很多的誤會。

例 人（ひと）の誤解（ごかい）を招（まね）く。

hi.to.no.go.ka.i.o./ma.ne.ku.

造成和別人的誤會。

● track 083

▶ まったく。

ma.tta.ku.

真是的！

說　明

「まったく」有「非常」「很」的意思，可以用來表示事情的程度。但當不滿對方的作法，或是覺得事情很不合理的時候，則會用「まったく」來表示「怎麼會有這種事！」的不滿情緒。

會　話

Ⓐ まったく。今日(きょう)もわたしが掃除(そうじ)するの。

ma.tta.ku./kyo.u.mo./wa.ta.shi.ga.so.u.ji.su.ru.no.

真是的！今天也是要我打掃嗎！

Ⓑ だって、由紀(ゆき)のほうが掃除上手(そうじじょうず)じゃない？

da.tte./yu.ki.no.ho.u.ga./so.u.ji.jo.u.zu./ja.na.i.

因為由紀你比較會打掃嘛！

例　句

例 彼(かれ)にもまったく困(こま)ったものだ。

ka.re.ni./ma.tta.ku.ko.ma.tta.mo.no.da.

真拿他沒辦法。

例 まったく存(ぞん)じません。

ma.tta.ku./zo.n.ji.ma.se.n.

一無所悉。

● track 083

▶ けち。

ke.chi.

小氣。

說 明

日文中的小氣就是「けち」，用法和中文相同，可以用來形容人一毛不拔。

會 話

Ⓐ 見せてくれたっていいじゃない、けち！

mi.se.te.ku.re.ta.tte./i.i.ja.na.i./ke.chi.

讓我看一下有什麼關係，真小氣。

Ⓑ 大事なものだからだめ。

da.i.ji.na.mo.no.da.ka.ra./da.me.

因為這是很重要的東西，所以不行。

會 話

Ⓐ 梅田君は本当にけちな人だね。

u.me.da.ku.n.wa./ho.n.to.u.ni./ke.chi.na.hi.to.da.ne.

梅田真是個小氣的人耶！

Ⓑ そうよ。お金持ちなのに。

so.u.yo./o.ka.ne.mo.chi.na.no.ni.

對啊，明明就是個有錢人。

track 084

▶ もう飽(あ)きた。

mo.u.a.ki.ta.

膩了。

說明

對事情覺得厭煩了，就可以用動詞再加上「飽きた」來表示不耐煩，例如：「食べ飽きた」代表吃膩了。

會話

A 今日(きょう)もオレンジジュースを飲(の)みたいなあ。

kyo.u.mo./o.re.n.ji.ju.u.su.o./no.mi.ta.i.na.a.

今天也想喝柳橙汁。

B また？毎日(まいにち)飲(の)むのはもう飽(あ)きたよ。

ma.ta./ma.i.ni.chi.no.mu.no.wa./mo.u.ka.ki.ta.yo.

還喝啊！每天都喝，我已經膩了！

例句

例 聞(き)き飽(あ)きた。

ki.ki.a.ki.ta.

聽膩了。

例 飽(あ)きっぽい。

a.ki.ppo.i.

三分鐘熱度。

• track 084

▶ からかわないで。

ka.ra.ka.wa.na.i.de.

別嘲笑我。

說　明

這個關鍵字是嘲笑的意思，當受人輕視時，就可以用「からかわないで」來表示抗議。

會　話

A 今日(きょう)はきれいだね。どうしたの？デート？

kyo.u.wa./ki.re.i.da.ne./do.u.shi.ta.no./de.e.to.

今天真漂亮，今天要去約會嗎？

B 違(ちが)うよ。からかわないで。

chi.ga.u.yo./ka.ra.ka.wa.na.i.de.

哪有啊，別拿我開玩笑了。

例　句

例 からかうなよ。

ka.ra.ka.u.na.yo.

別嘲笑我。

例 からかわれてしまった。

ka.ra.ka.wa.re.te.shi.ma.tta.

我被嘲笑了。

track 085

▶ 勘弁(かんべん)してよ。

ka.n.be.n.shi.te.yo.

饒了我吧！

說　明

已經不想再做某件事，或者是要請對方放過自己時，就會用這句話，表示自己很無奈、無能為力的感覺。

會　話

A またカップラーメン？勘弁(かんべん)してよ。

ma.ta.ka.ppu.ra.a.me.n./ka.n.be.n.shi.te.yo.

又要吃泡麵？饒了我吧。

B 料理(りょうり)を作(つく)る暇(ひま)がないから。

ryo.u.ri.o.tsu.ku.ru.hi.ma.ga./na.i.ka.ra.

因為我沒時間作飯嘛！

例　句

例 勘弁(かんべん)してくれよ。

ka.n.be.n.shi.te.ku.re.yo.

饒了我吧！

例 勘弁(かんべん)してください。

ka.n.be.n.shi.te./ku.da.sa.i.

請放過我。

● track 085

▶ うんざり。

u.n.za.ri.

感到厭煩。

說　明

這個關鍵字帶有「很火大」、「很煩」的意思，也可以用「はらたつ」來代替。

會　話

A なんでバイトをやめちゃうの？

na.n.de./ba.i.to.o./ya.me.cha.u.no.

為什麼不想去打工？

B 先輩(せんぱい)の態度(たいど)にはもううんざりだ。

se.n.pa.i.no.ta.i.do.ni.wa.mo.u./u.n.za.ri.da.

那個前輩的態度讓我覺得很煩。

例　句

例 考(かんが)えただけでうんざりする。

ka.n.ga.e.ta.da.ke.de./u.n.za.ri.su.ru.

光是用想的就覺得很煩。

例 もうそれにはうんざりした。

mo.u.so.re.ni.wa./u.n.za.ri.shi.ta.

我對那個已經覺得很厭煩了。

track 086

▶おしゃべり。

o.sha.be.ri.

大嘴巴！

說明

在日文中「おしゃべり」本來是指閒聊的意思，但引申有愛講八卦、大嘴巴的意思，要罵人口風不緊的話，就可以用這個字。

會話

A ついロ(くち)が滑(すべ)っちゃって、ごめん。

tsu.i.ku.chi.ga./su.be.cha.tte./go.me.n.

不小心就說溜嘴了，對不起。

B おしゃべり！

o.sha.be.ri.

你這個大嘴巴！

例句

例 あのおしゃべりがまた告(つ)げ口(ぐち)をしたな。

a.no.o.sha.be.ri.ga./ma.ta.tsu.ge.gu.chi.o.shi.ta.na.

那個大嘴巴又亂說八卦了。

例 ちょっとおしゃべりするうちに時間(じかん)になった。

cho.tto./o.sha.be.ri.su.ru.u.chi.ni./ji.ka.n.ni.na.tta.

在談話中不知不覺時間就到了。

▶ びびるな。

bi.bi.ru.na.

不要害怕。

說明

「びびる」是害怕得發抖的意思，加上一個「な」則是禁止的意思，也就是告訴對方沒什麼好害怕的。

會話

Ⓐ どうしよう。もうすぐ本番（ほんばん）だよ。

do.u.shi.yo.u./mo.u.su.gu./ho.n.ba.n.da.yo.

怎麼辦，馬上就要上式上場了。

Ⓑ びびるなよ。自信（じしん）を持（も）って！

bi.bi.ru.na.yo./ji.shi.n.o.mo.tte.

別害怕，要有自信。

例句

例 びびってます。

bi.bi.tte.ma.su.

覺得很害怕。

例 大舞台（だいぶたい）にびびってしまう。

da.i.bu.ta.i.ni./bi.bi.tte.shi.ma.u.

要站上大舞台真是可怕。

track 087

▶ 理屈(りくつ)。

ri.ku.tsu.

理由。／強詞奪理。

說明

這個關鍵字是「理由」的意思，也含有理由很牽強的意思。要對方不要再用理由推託、矇混時，可以用這個關鍵字。

會話

Ⓐ だって勉強嫌(べんきょうぎら)いだもん。

da.tte./be.n.kyo.u.gi.ra.i.da.mo.n.

總之我就是討厭念書嘛！

Ⓑ 理屈(りくつ)を言(い)うな。

ri.ku.tsu.o./i.u.na.

少強詞奪理。

例句

例 理屈(りくつ)ばかり言(い)って。

ri.ku.tsu.ba.ka.ri.i.tte.

不要一直找藉口。

例 そんな理屈(りくつ)はない！

so.n.na./ri.ku.tsu.wa.na.i.

沒這回事！

• track 087

▶ 遅い。

o.so.i.

遲了。／真慢。

說明

當兩人相約，對方遲到時，可以用「遅い！」來抱怨對方太慢了。而當這個關鍵字用來表示事物的時候，則是表示時間不早了，或是後悔也來不及了的意思。

會話

Ⓐ 子供のころ、もっと勉強しておけばよかった。

ko.do.mo.no.ko.ro./mo.tto./be.n.kyo.u.shi.te.o.ke.ba./yo.ka.tta.

要是小時候用功點就好了。

Ⓑ そうだよ、年をとってから後悔しても遅い。

so.u.da.yo./to.shi.o.to.tte.ka.ra./ko.u.ka.i.shi.te.mo.o.so.i.

對啊，這把年紀了再後悔也來不及了。

會話

Ⓐ もう遅いから早く寝ろ。

mo.u./o.so.i.ka.ra./ha.ya.ku.ne.ro.

已經很晚了，早點去睡！

Ⓑ うん、おやすみ。

u.n./o.ya.su.mi.

嗯，晚安。

track 088

▶ 終わりだ。

o.wa.ri.da.

結束。／完了。

說明

這個關鍵字和「しまい」的意思相同，都是指事情結束的意思，也都可以延伸出「完蛋了」的意思。

例句

例 やばい、もう終わりだ！

ya.ba.i./mo.u.o.wa.ri.da.

糟了，我完蛋了。

例 終わりまで聞け。

o.wa.ri.ma.de./ki.ke.

聽我說完！

例 この世の終わりだ。

ko.no.yo.no.o.wa.ri.da.

我完了。

例 終わりよければすべてよし。

o.wa.ri.yo.ke.re.ba./su.be.te.yo.shi.

結果是好的就可以了。

• track 088

▶ かわいそう。

ka.wa.i.so.u.

真可憐。

說　明

「かわいそう」是可憐的意思，用來表達同情。「かわいい」和「かわいそう」念起來雖然只差一個音，但意思卻是完全相反。「かわいい」指的是很可愛，「かわいそう」卻是覺得對方可憐，可別搞錯囉！

會　話

A 今日(きょう)も残業(ざんぎょう)だ。

kyo.u.mo./za.n.gyo.u.da.

今天我也要加班。

B かわいそうに。無理(むり)しないでね。

ka.wa.i.so.u.ni./mu.ri.shi.na.i.de.ne.

真可憐，不要太勉強喔！

例　句

例 そんなに犬(いぬ)をいじめてはかわいそうだ。

so.n.na.ni./i.nu.o.i.ji.me.te.wa./ka.wa.i.so.u.da.

這樣欺負小狗，牠很可憐耶！

例 かわいそうに思(おも)う。

ka.wa.i.so.u.ni.o.mo.u.

好可憐。

track 089

▶したい。

shi.ta.i.

想做。

說明

想要做一件事情的時候，會用「したい」這個關鍵字，要是看到別人在做一件事的時候，自己也想加入，可以用這句話來表達自己的意願。

例句

例 将来(しょうらい)、何(なに)がしたいの？

sho.u.ra.i./na.ni.ga.shi.ta.i.no.

你將來想做什麼？

例 応援(おうえん)したい。

o.u.e.n.shi.ta.i.

想要支持。

例 参加(さんか)したいですが。

sa.n.ka.shi.ta.i.de.su.ga.

我想參加可以嗎？

例 バスケがしたいです。

ba.su.ke.ga.shi.ta.i.de.su.

想打籃球。

• track 089

▶ 食べたい。

ta.be.ta.i.

想吃。

說明

和「したい」的用法相同，只是這個句型是在「たい」加上動詞，來表示想做的事情是什麼，比如「食べたい」就是想吃的意思。

例句

例 今日は暑かった！さっぱりしたものを食べたい。

kyo.u.wa./a.tsu.ka.tta./sa.ppa.ri.shi.ta.mo.no.o./ta.be.ta.i.

今天真熱！我想吃些清爽的食物。

例 お酒を飲みたいです。

o.sa.ke.o./no.mi.ta.i.de.su.

想喝酒。

例 焼肉を食べたいです。

ya.ki.ni.ku.o./ta.be.ta.i.de.su.

想吃烤肉。

例 あの店に行きたいです。

a.no.mi.se.ni./i.ki.ta.i.de.su.

想去那家店。

track 090

▶なんとか。

na.n.to.ka.

總會。／什麼。

說明

「なんとか」原本的意思是「某些」「之類的」之意，在會話中使用時，是表示事情「總會有些什麼」、「總會有結果」的意思。

例句

例 なんとかなるから、大丈夫(だいじょうぶ)だ。

na.n.to.ka.na.ru.ka.ra./da.i.jo.u.bu.da.

船到橋頭自然直，自然有辦法的，沒關係。

例 なんとかしなければならない。

na.n.to.ka./shi.na.ke.re.ba./na.ra.na.i.

不做些什麼不行。

例 なんとか言(い)えよ！

na.n.to.ka./i.e.yo.

說些什麼吧！

例 なんとか間(ま)に合(あ)います。

na.n.to.ka./ma.ni.a.i.ma.su.

總算來得及。

• track 090

▶ 人違(ひとちが)いでした。

hi.to.chi.ga.i.de.shi.ta.

認錯人了。

說明

以為遇到朋友，出聲打招呼後卻意外發現原來自己認錯人了，這時就要趕緊說「人違いです」來化解尷尬。

會話

Ⓐ お久(ひさ)しぶりです。

o.hi.sa.shi.bu.ri.de.su.

好久不見了。

Ⓑ えっ？

e.

什麼？

Ⓐ あっ、人違(ひとちが)いでした。すみません。

a./hi.to.chi.ga.i.de.shi.ta./su.mi.ma.se.n.

啊，我認錯人了，對不起。

例句

例 声(こえ)を掛(か)けてはじめて人違(ひとちが)いだと分(わ)かった。

ko.e.o.ka.ke.te.ha.ji.me.te./hi.to.chi.ga.i.da.to./wa.ka.tta.

出聲打招呼後就發覺認錯人了。

例 人違(ひとちが)いだった。

hi.to.chi.ga.i.da.tta.

認錯人了。

track 091

▶ 一緒(いっしょ)に食事(しょくじ)しましょうか？

i.ssho.ni./sho.ku.ji.shi.ma.sho.u.ka.

要不要一起吃飯？

說明

「食事」是「吃飯」這件事較正式的說法，專指用餐這整件事情。

類句

今度食事(こんどしょくじ)でもいかがですか？

ko.n.do./sho.ku.ji.de.mo./i.ka.ga.de.su.ka.

下次一起吃飯好嗎？

食事(しょくじ)はご用意(ようい)いたします。

sho.ku.ji.wa./go.yo.u.i./i.ta.shi.ma.su.

飯菜已經準備好了。

會話

A 一緒(いっしょ)に食事(しょくじ)しましょうか？

i.ssho.ni./sho.ku.ji.shi.ma.sho.u.ka.

要不要一起吃飯？

B いいですよ。

i.i.de.su.yo.

好啊。

track 091

▶割り勘にしようよ。

wa.ri.ka.n.ni.shi.yo.u.yo.

各付各的吧！

說　明

「勘定」是付帳的意思，而「割り」則有分開的意思，合起來，就是各付各的，不想讓對方請客時，可以用這個關鍵詞來表示。

會　話

Ⓐ 今回は割り勘にしようよ。

ko.n.ka.i.wa./wa.ri.ka.n.ni.shi.yo.u.yo.

今天就各付各的吧！

Ⓑ うん、いいよ。

u.n./i.i.yo.

好啊。

例　句

例 今日は割り勘で飲もう。

kyo.u.wa./wa.ri.ka.n.de.no.mo.u.

今天喝酒就各付各的吧。

例 四人で割り勘にした。

yo.ni.n.de./wa.ri.ka.n.ni.shi.ta.

四個人平分付了帳。

track 092

わたしが払（はら）います。

wa.ta.shi.ga./ha.ra.i.ma.su.

我請客！

說明

在結帳的時候，想要表明這餐由我來付的話，就可以說「払います」。

會話

Ⓐ これはわたしが払（はら）います。

ko.re.wa./wa.ta.shi.ga./ha.ra.i.ma.su.

我請客！

Ⓑ いいよ。僕（ぼく）がおごるから。

i.i.yo./bo.ku.ga./o.go.ru.ka.ra.

不用啦，我請客。

例句

例 クレジットカードで払（はら）います。

ku.re.ji.tto.ka.a.do.de./ha.ra.i.ma.su.

用信用卡付款。

例 割（わ）り勘（かん）で別々（べつべつ）に払（はら）いましょうか？

wa.ri.ka.n.de./be.tsu.be.tsu.ni./ha.ra.i.ma.sho.u.ka.

各付各的好嗎？

• track 092

▸わたしがおごる。

wa.ta.shi.ga.o.go.ru.

我請客吧！

説　明

「おごる」是請客的意思。而「わたしがおごる」是我請客的意思；「おごってもらった」則是接受別人款待請客之意。

會　話

Ⓐ 給料日(きゅうりょうび)まではちょっと…。

kyo.u.ryo.u.bi.ma.de.wa./cho.tto.

到發薪日之前手頭有點緊。

Ⓑ しょうがないなあ。わたしがおごるよ。

sho.u.ga.na.i.na.a./wa.ta.shi.ga.o.go.ru.yo.

真拿你沒辦法。那我請客吧！

例　句

例 負(ま)けたらわたしが徳井(とくい)におごります。

ma.ke.ta.ra./wa.ta.shi.ga./to.ku.i.ni.o.go.ri.ma.su.

要是我輸了，就請你吧，德井。

例 今度(こんど)はわたしのおごる番(ばん)だ。

ko.n.do.wa./wa.ta.shi.no./o.go.ru.ba.n.da.

下次輪到我請客。

▶ 大(たい)したもの。

ta.i.shi.ta.mo.no.

了不起。／重要的。

說明

「大した」有重要的意思，「大したもの」就帶有「重要的事」之意，引伸有稱讚別人是「成大器之材」「很厲害」的意思。

會話

Ⓐ お料理(りょうり)の腕(うで)は大(たい)したものですね。

o.ryo.u.ri.no.u.de.wa./ta.i.shi.ta.mo.no.de.su.ne.

這料理做得真好。

Ⓑ いいえ、まだまだです。

i.i.e./ma.da.ma.da.de.su.

謝謝，我還差得遠呢！

例句

例 彼(かれ)の英語(えいご)は大(たい)したものではない。

ka.re.no.e.i.go.wa./ta.i.shi.ta.mo.no.de.wa.na.i.

他的英文不太好。

例 大(たい)したものじゃないけど、頑張(がんば)って書(か)きました。

ta.i.shi.ta.mo.no.ja.na.i.ke.do./ga.n.ba.tte./ka.ki.ma.shi.ta.

雖然不是什麼大作，但是我努力完成的。

track 093

お腹(なか)がすいた。

o.na.ka.ga.su.i.ta.

肚子餓。

說明

肚子餓、肚子痛，都是用「お腹」，不特別指胃或是腸，相當於是中文裡的「肚子」。

會話

A ただいま。お腹(なか)がすいて死(し)にそう。

ta.da.i.ma./o.na.ka.ga.su.i.te./shi.ni.so.u.

我回來了，肚子餓到不行。

B はい、はい。ご飯(はん)できたよ。

ha.i./ha.i./go.ha.n.de.ki.ta.yo.

好啦，飯菜已經作好了。

例句

例 お腹(なか)がすきました。

o.na.ka.ga./su.ki.ma.shi.ta.

肚子餓了。

▶知ってる。

shi.tte.ru.

知道。

說明

對方講的事情自己已經知道了，或是表明認識某個人，都可以用「知ってる」，在對話時，可以用來表示自己也了解對方正在討論的人或事。

例句

例 ね、知ってる？

ne./shi.tte.ru.

你知道嗎？

例 知っていますか？

shi.tte.i.ma.su.ka.

知道嗎？

例 税金についても知っておきたいですね。

ze.i.ki.n.ni.tsu.i.te.mo./shi.tte.o.ki.ta.i.de.su.ne.

也想要知道關於納稅的事情。

track 094

▶ 次の機会(つぎ きかい)にしよう。

tsu.gi.no./ki.ka.i.ni.shi.yo.u.

下次吧！

說明

要表示「下一次」「下一個」的時候，就用「次」這個關鍵字來表示，也可以用在叫「下一位」的時候。

類句

次(つぎ)の電車(でんしゃ)に乗(の)る。

tsu.gi.no.de.n.sha.ni./no.ru.

坐下一班火車。

次(つぎ)はわたしの順番(じゅんばん)だ。

tsu.gi.wa./wa.ta.shi.no./ju.n.ba.n.da.

接下來輪到我了。

會話

A 長(なが)い行列(ぎょうれつ)だね。

na.ga.i.gyo.u.re.tsu.da.ne.

排得好長啊！

B やめようか。次(つぎ)の機会(きかい)にしよう。

ya.me.yo.u.ka./tsu.gi.no./ki.ka.i.ni.shi.yo.u.

這次算了，下次再來吧！

track 095

▶ 秘密(ひみつ)。

hi.mi.tsu.

祕密。

説　明

和人聊天時，要是自己說的這件事，是不能讓他人知道的，就可以向對方說「秘密です」，表示這件事可別輕易的說出去。

會　話

Ⓐ 誰(だれ)と付(つ)き合(あ)ってるの？

da.re.to./tsu.ki.a.tte.ru.no.

你和誰在交往？

Ⓑ ヒ、ミ、ツ。

hi.mi.tsu.

這是祕密。

會　話

Ⓐ 正解(せいかい)は何番(なんばん)ですか？

se.i.ka.i.wa./na.n.ba.n.de.su.ka.

正確答案是幾點？

Ⓑ 言(い)えませんよ。それは秘密(ひみつ)です。

i.e.ma.se.n.yo./so.re.wa./hi.mi.tsu.de.su.

不能說，這是祕密。

track 095

▶ わたしの負(ま)け。

wa.ta.shi.no.ma.ke.

我認輸。

說　明

在聊天時，要討論比賽的勝負時，就可以用「負け」這個字。另外如果要向對方低頭認輸，也是用這個字。

類　句

負(ま)けを認(みと)める。

ma.ke.o.mi.to.me.ru.

認輸。

會　話

A まいったなあ。わたしの負(ま)け。

ma.i.tta.na.a./wa.ta.shi.no.ma.ke.

敗給你了，我認輸。

B やった！

ya.tta.

耶！

track 096

ずっと応援(おうえん)するよ。

zu.tto./o.u.e.n.su.ru.yo.

我支持你。

說明

在討論自己支持的球隊、選手的時候，可以用這個字來表示。另外當談話的對方要參加比賽的時候，也可以用「応援する」來表示自己會為他加油。

會話

A ずっと応援(おうえん)するよ。頑張(がんば)って！

zu.tto./o.u.e.n.su.ru.yo./ga.n.ba.tte.

我支持你，加油！

B うん、頑張(がんば)るぞ。

u.n./ga.n.ba.ru.zo.

嗯，我會加油的。

例句

例 応援(おうえん)してください。

o.u.e.n.shi.te./ku.da.sa.i.

請幫我加油。

例 応援(おうえん)します。

o.u.e.n.shi.ma.su.

我支持你。

• track 096

▶ 話中（はなしちゅう）です。

ha.na.shi.chu.u.de.su.

通話中。

說　明

「～中」是代表處於某個狀態。「話中」就表示正在講話，也就是通話中的意思。當自己很忙抽不開身的時候，就可以用這個關鍵字來表達。例如：「会議中です」。

會　話

A 大田（おおた）ですが、鈴木（すずき）さんはいらっしゃいますか？

o.o.ta.de.su.ga./su.zu.ki.sa.n.wa./i.ra.ssha.i.ma.su.ka.

我是大田，請問鈴木先生在嗎？

B すいませんが、彼（かれ）は今（いま）話中（はなしちゅう）です。

su.i.ma.se.n.ga./ka.re.wa./i.ma./ha.na.shi.chu.u.de.su.

不好意思，他現在電話中。

track 097

▶ いい。

i.i.

好。／好的。

說　明

覺得一件事物很好，可以在該名詞前面加上「いい」，來表示自己的正面評價。除了形容事物之外，也可以用來形容人的外表、個性。

會　話

Ⓐ 飲(の)みに行(い)かない？

no.mi.ni.i.ka.na.i.

要不要去喝一杯？

Ⓑ いいよ。

i.i.yo.

好啊。

例　句

例 いいです。

i.i.de.su.

好啊。

例 これでいいですか？

ko.re.de.i.i.de.su.ka.

這樣可以嗎？

▶ 待(ま)ち遠(どお)しい。

ma.chi.do.o.shi.i.

迫不及待。

說　明

「待ち遠しい」帶有「等不及」的意思，也就是期待一件事物，十分的心急，但是時間又還沒到，既焦急又期待的感覺。

會　話

A 給料日(きゅうりょうび)が待(ま)ち遠(どお)しいなあ。

kyu.u.ryo.u.bi.ga./ma.chi.do.o.shi.i.na.a.

真想快到發薪水的日子耶！

B そうだよ。

so.u.da.yo.

就是説啊。

例　句

例 彼(かれ)の帰(かえ)りが待(ま)ち遠(どお)しい。

ka.re.no.ka.e.ri.ga./ma.chi.do.o.shi.i.

真希望他快回來。

例 夜(よる)の明(あ)けるのが待(ま)ち遠(どお)しい。

yo.ru.no.a.ke.ru.no.ga./ma.chi.do.o.shi.i.

希望快點天亮。

▶ 苦手。

ni.ga.te.

不喜歡。／不擅長。

說　明

當對於一件事不拿手，或是束手無策的時候，可以用這個關鍵字來表達。另外像是不敢吃的東西、害怕的人…等，也都可以用這個字來代替。

會　話

Ⓐ わたし、運転するのはどうも苦手だ。

wa.ta.shi./u.n.te.n.su.ru.no.wa./do.u.mo.ni.ga.te.da.

我實在不太會開車。

Ⓑ わたしも。怖いから。

wa.ta.shi.mo./ko.wa.i.ka.ra.

我也是，因為開車是件可怕的事。

會　話

Ⓐ 泳がないの？

o.yo.ga.na.i.no.

你不游嗎？

Ⓑ わたし、水が苦手なんだ。

wa.ta.shi./mi.zu.ga.ni.ga.te.na.n.da.

我很怕水。

track 098

▶ よくない。

yo.ku.na.i.

不太好。

說明

日本人講話一向都以委婉、含蓄為特色，所以在表示自己不同的意見時，也不會直說。要是覺得不妥的話，很少直接說「だめ」，而是會用「よくない」來表示。而若是講這句話時語尾的音調調高，則是詢問對方覺得如何的意思。

會話

Ⓐ 見て、このワンピース。これよくない？

mi.te./ko.no.wa.n.pi.i.su./ko.re.yo.ku.na.i.

你看，這件洋裝，很棒吧！

Ⓑ うん…。まあまあだなあ。

u.n./ma.a.ma.a.da.na.a.

嗯，還好吧！

例句

例 盗撮はよくないよ。

to.u.sa.tsu.wa./yo.ku.na.i.yo.

偷拍是不好的行為。

例 一人で行くのはよくない？

hi.to.ri.de.i.ku.no.wa./yo.ku.na.i.

一個人去不是很好嗎？

track 099

▶ できない。

de.ki.na.i.

辦不到。

說明

「できる」是辦得到的意思，而「できない」則是否定形，也就是辦不到的意思。用這兩句話，可以表示自己的能力是否能夠辦到某件事。

會話

A 一人(ひとり)でできないよ、手伝(てつだ)ってくれない？

ih.to.ri.de./de.ki.na.i.yo./te.tsu.da.tte.ku.re.na.i.

我一個人辦不到，你可以幫我嗎？

B いやだ。

i.ya.da.

不要。

會話

A ちゃんと説明(せつめい)してくれないと納得(なっとく)できません。

cha.n.to./se.tsu.me.i.shi.te.ku.re.na.i.to./na.tto.ku.de.ki.ma.se.n.

你不好好說明的話，我沒有辦沒接受。

B 分(わ)かりました。では、このレポートを見(み)てください…。

wa.ka.ri.ma.shi.ta./de.wa./ko.no.re.po.o.to.o./mi.te.ku.da.sa.i.

了解。那麼，就請你看看這份報告。

track 099

▶面白そうです。

o.mo.shi.ro.so.u.de.su.

好像很有趣。

說　明

「面白い」是有趣的意思，而「面白そう」則是「好像很有趣」之意。在聽到別人的形容或是自己看到情形時，可以用這句話表示自己很有興趣參與。

會　話

Ⓐ みんなで紅葉狩りに行きませんか？

mi.n.na.de./mo.mi.ji.ga.ri.ni./i.ki.ma.se.n.ka.

大家一起去賞楓吧！

Ⓑ 面白そうですね。

o.mo.shi.ro.so.u.de.su.ne.

好像很有趣呢！

例　句

例 おいしそう！

o.i.shi.so.u.

好像很好吃。

例 難しそうです。

mu.zu.ka.shi.so.u.de.su.

好像很難。

track 100

好きです。

su.ki.de.su.

喜歡。

說明

無論是對於人、事、物，都可用「好き」來表示自己很中意這樣東西。用在形容人的時候，有時候也有「愛上」的意思，要注意使用的對象喔！

會話

A 俳優で一番好きなのは誰ですか？

ha.i.yu.u.de./i.chi.ba.n.su.ki.na.no.wa./da.re.de.su.ka.

你最喜歡的演員是誰？

B オダギリジョーが大好きです。

o.da.gi.ri.jo.u.ga./da.i.su.ki.de.su.

我最喜歡小田切讓。

例句

例 愛子ちゃんのことが好きだ！

a.i.cha.n.no.ko.to.ga./su.ki.da.

我最喜歡愛子了。

例 日本料理が大好き！

ni.ho.n.ryo.u.ri.ga./da.i.su.ki.

我最喜歡日本菜。

track 100

▶ 嫌(きら)いです。

ki.ra.i.de.su.

不喜歡。

說明

相對於「好き」，「嫌い」則是討厭的意思，不喜歡的人、事、物，都可以用這個關鍵字來形容。

會話

A 苦手(にがて)なものは何(なん)ですか？

ni.ga.te.na.mo.no.wa./na.n.de.su.ka.

你不喜歡什麼東西？

B 虫(むし)です。わたしは虫(むし)が嫌(きら)いです。

mu.shi.de.su./wa.ta.shi.wa./mu.shi.ga./ki.ra.i.de.su.

昆蟲。我討厭昆蟲。

例句

例 負(ま)けず嫌(ぎら)いです。

ma.ke.zu.gi.ra.i.de.su.

好強。／討厭輸。

例 おまえなんて大嫌(だいきら)いだ！

o.ma.e.na.n.te./da.i.ki.ra.i.da.

我最討厭你了！

▶ うまい。

u.ma.i.

好吃。／很厲害。

說 明

覺得東西很好吃的時候，除了用「おいしい」之外，男性也可以用「うまい」這個字。另外形容人做事做得很好，像是歌唱得很好、球打得很好，都可以用這個字來形容。

會 話

A いただきます。わあ！このトンカツ、うまい！

i.ta.da.ki.ma.su./wa.a./ko.no.to.n.ka.tsu./u.ma.i.

開動了！哇，這炸豬排好好吃！

B ありがとう。

a.ri.ga.to.u.

謝謝。

會 話

A この歌手（かしゅ）、歌（うた）がうまいですね。

ko.no.ka.shu./u.ta.ga./u.ma.i.de.su.ne.

這位歌手唱得真好耶！

B そうですね。

so.u.de.su.ne.

對啊。

• track 101

▶ 上手（じょうず）。

jo.u.zu.

很拿手。

說明

事情做得很好的意思，「～が上手です」就是很會做某件事的意思。另外前面提到稱讚人很厲害的「うまい」這個字，比較正式有禮貌的講法就是「上手です」。

會話

A 日本語（にほんご）が上手（じょうず）ですね。

ni.ho.n.go.ga./jo.u.zu.de.su.ne.

你的日文真好呢！

B いいえ、まだまだです。

i.i.e./ma.da.ma.da.de.su.

不，還差得遠呢！

例句

例 字（じ）が上手（じょうず）ですね。

ji.ga./jo.u.zu.de.su.ne.

字寫得好漂亮。

例 お上手（じょうず）ですね。

o.jo.u.zu.de.su.ne.

真厲害。

track 102

▶ 下手。

he.ta.

不擅長。／笨拙。

說明

事情做得不好，或是雖然用心做，還是表現不佳的時候，就會用這個關鍵字來形容，也可以用來謙稱自己的能力尚不足。

會話

A 前田さんの趣味は何ですか？

ma.e.da.sa.n.no.shu.mi.wa./na.n.de.su.ka.

前田先生的興趣是什麼？

B 絵が好きですが、下手の横好きです。

e.ga.su.ki.de.su.ga./he.ta.no.yo.ko.zu.ki.de.su.

我喜歡畫畫，但還不太拿手。

例句

例 料理が下手だ。

ryo.u.ri.ga./he.ta.da.

不會作菜。

例 下手な言い訳はよせよ。

he.ta.na.i.i.wa.ke.wa./yo.se.yo.

別說這些爛理由了。

● track 102

▶ 言(い)いにくい。

i.i.ni.ku.i.

難以啟齒。

說　明

「～にくい」是表示「很難～」的意思，「～」的地方可以放上動詞。像是「分かりにくい」就是「很難懂」的意思，而「みにくい」就是「很難看」的意思。

會　話

A 大変(たいへん)言(い)いにくいんですが。

ta.i.he.n./i.i.ni.ku.i.n.de.su.ga.

真難以啟齒。

B なんですか？どうぞおっしゃってください。

na.n.de.su.ka./do.u.zo.o.sha.tte.ku.da.sa.i.

什麼事？請說吧！

例　句

例 食(た)べにくいです。

ta.be.ni.ku.i.de.su.

真不方便吃。

例 住(す)みにくい町(まち)だ。

su.mi.ni.ku.i.ma.chi.da.

不適合居住的城市。

track 103

▶ 分(わ)かりやすい。

wa.ka.ri.ya.su.i.

很容易懂。

說明

「～やすい」就是「很容易～」的意思，「～」的地方可以放上動詞。例如「しやすい」就是很容易做到的意思。

會話

Ⓐ この辞書(じしょ)がいいと思(おも)う。

ko.ni.ji.sho.ga.i.i.to./o.mo.u.

我覺得這本字典很棒。

Ⓑ 本当(ほんとう)だ。なかなか分(わ)かりやすいね。

ho.n.to.u.da./na.ka.na.ka./wa.ka.ri.ya.su.i.ne.

真的耶！很淺顯易懂。

例句

例 この掃除機(そうじき)は使(つか)いやすいです。

ko.no.so.u.ji.ki.wa./tsu.ka.i.ya.su.i.de.su.

這臺吸塵器用起來很方便。

例 他人(たにん)を信(しん)じやすい性格(せいかく)。

ta.ni.n.o./shi.n.ji.ya.su.i./se.i.ka.ku.

容易相信別人的個性。

track 103

気(き)に入(い)って。

ki.ni.i.tte.

很中意。

說明

在談話中，要表示自己對很喜歡某樣東西、很在意某個人、很喜歡做某件事時，都能用這個關鍵字來表示。

會話

A これ、手作(てづく)りの手袋(てぶくろ)です。気(き)に入(い)っていただけたらうれしいです。

ko.re./te.zu.ku.ri.no./te.bu.ku.ro.de.su./ki.ni.i.tte.i.ta.da.ke.ta.ra./u.re.shi.i.de.su.

這是我自己做的手套。如果你喜歡的話就好。

B ありがとう。かわいいです。

a.ri.ga.to.u./ka.wa.i.i.de.su.

謝謝。真可愛耶！

例句

例 気(き)に入(い)ってます。

ki.ni.i.tte.ma.su.

中意。

例 そんなに気(き)に入(い)ってない。

so.n.na.ni./ki.ni.i.tte.na.i.

不是那麼喜歡。

track 104

▶しないで。

shi.na.i.de.

不要這做樣做。

說　明

「しないで」是表示禁止的意思，也就是請對方不要進行這件事的意思。若是聽到對方說這句話，就代表自己已經受到警告了。

會　話

A ね、一緒(いっしょ)に遊(あそ)ばない？

ne./i.ssho.ni.a.so.ba.na.i.

要不要一起來玩？

B 今勉強中(いまべんきょうちゅう)なの、邪魔(じゃま)しないで。

i.ma/be.n.kyo.u.chu.u.na.no./ja.ma.shi.na.i.de.

我正在念書，別煩我！

例　句

例 誤解(ごかい)しないで。

go.ka.i.shi.na.i.de.

別誤會。

例 くよくよしないで。

ku.yo.ku.yo.shi.na.i.de.

別煩惱了。

track 104

▶ 時間ですよ。

ji.ka.n.de.su.yo.

時間到了。

說明

這句話是「已經到了約定的時間了」的意思。有提醒自己和提醒對方的意思，表示是時候該做某件事了。

會話

A もう時間ですよ。行こうか。

mo.u.ji.ka.n.de.su.yo./i.ko.u.ka.

時間到了，走吧！

B ちょっと待って。

cho.tto.ma.tte.

等一下。

例句

例 もう寝る時間ですよ。

mo.u./ne.ru.ji.ka.n.de.su.yo.

睡覺時間到了。

例 もう帰る時間ですよ。

mo.u./ka.e.ru.ji.ka.n.de.su.yo.

回家時間到了。

▶ 案内(あんない)。

a.n.na.i.

介紹。

說　明

在日本旅遊時，常常可以看到「案内所」這個字，就是「詢問處」「介紹處」的意思。要為對方介紹，或是請對方介紹的時候，就可以用「案内」這個關鍵字。

會　話

Ⓐ よろしかったら、ご案内(あんない)しましょうか？

yo.ro.shi.ka.tta.ra./go.a.n.na.i./shi.ma.sho.u.ka.

可以的話，讓我幫你介紹吧！

Ⓑ いいですか？じゃ、お願(ねが)いします。

i.i.de.su.ka./ja./o.ne.ga.i.shi.ma.su.

這樣好嗎？那就麻煩你了。

例　句

例 道(みち)をご案内(あんない)します。

mi.chi.o./go.a.n.na.i.shi.ma.su.

告知路怎麼走。

例 案内(あんない)してくれませんか？

a.n.na.i.shi.te./ku.re.ma.se.n.ka.

可以幫我介紹嗎？

track 105

▶友達（ともだち）でいよう。

to.mo.da.chi.de.i.yo.u.

當朋友就好。

說明

「～でいよう」就是處於某一種狀態就好。像是「友達でいよう」就是處於普通朋友的狀態就好，不想再進一步交往的意思。

會話

A 藍（あい）ちゃんのことが好（す）きだ！

a.i.cha.n.no.ko.to.ga./su.ki.da.

我喜歡小藍。

B ごめん、やっぱり友達（ともだち）でいようよ。

go.me.n./ya.ppa.ri./to.mo.da.chi.de.i.yo.u.yo.

對不起，還是當朋友就好。

例句

例 笑顔（えがお）でいようよ。

e.ga.o.de.i.yo.u.yo.

保持笑容。

例 健康（けんこう）でいようよ。

ke.n.ko.u.de.i.yo.u.yo.

保持健康。

track 106

▶ 危(あぶ)ない！

ba.bu.na.i.

危險！／小心！

說明

遇到危險的狀態的時候，用這個關鍵字可以提醒對方注意。另外過去式的「危なかった」也有「好險」的意思，用在千鈞一髮的狀況。

會話

A 危(あぶ)ないよ、近寄(ちかよ)らないで。

a.bu.na.i.yo./chi.ka.yo.ra.na.i.de.

很危險，不要靠近。

B 分(わ)かった。

wa.ka.tta.

我知道了。

例句

例 不況(ふきょう)で会社(かいしゃ)が危(あぶ)ない。

fu.kyo.u.de./ka.i.sha.ga./a.bu.na.i.

不景氣的關係，公司的狀況有點危險。

例 道路(どうろ)で遊(あそ)んでは危(あぶ)ないよ。

do.ro.u.de./a.so.n.de.wa./a.bu.na.i.yo.

在路上玩很危險。

track 106

▶やめて。

ya.me.te.

停止。

說明

要對方停止再做一件事的時候，可以用這個關鍵字來制止對方。但是通常會用在平輩或晚輩身上，若是對尊長說的時候，則要說「勘弁してください」。

會話

Ⓐ 変(へん)な虫(むし)を見(み)せてあげる。

he.n.na.mu.shi.o./mi.se.te.a.ge.ru.

給你看隻怪蟲。

Ⓑ やめてよ。気持(きも)ち悪(わる)いから。

ya.me.te.yo./ki.mo.chi.wa.ru.i.ka.ra.

不要這樣，很噁心耶！

例句

例 やめてください。

ya.me.te.ku.da.sa.i.

請停止。

例 まだやめてない？

ma.da./ya.me.te.na.i.

還不放棄嗎？

track 107

▶しなさい。

shi.na.sa.i.

請做。

說明

要命令別人做什麼事情的時候，用這個關鍵字表示自己強硬的態度。通常用在熟人間，或長輩警告晚輩時。

會話

Ⓐ 洗濯ぐらいは自分でしなさいよ。

se.n.ta.ku.gu.ra.i.wa./ji.bu.n.de.shi.na.sa.i.yo.

洗衣服這種小事麻煩你自己做。

Ⓑ はいはい、分かった。

ha.i.ha.i./wa.ka.tta.

好啦好啦，我知道了。

例句

例 しっかりしなさいよ。

shi.kka.ri.shi.na.sa.i.yo.

請振作點。

例 早くしなさい。

ha.ya.ku.shi.na.sa.i.

請快點。

例 ちゃんとしなさい。

cha.n.to.shi.na.sa.i.

請好好做。

▶ちゃんと。

cha.n.to.

好好的。

說明

要求對方好好做一件事情的時候，就會用「ちゃんと」來表示。另外有按部就班仔細的完成事情時，也可以用這個關鍵字來形容。

會話

Ⓐ 前を向いてちゃんと座りなさい。

ma.e.o.mu.i.te./cha.n.to./su.wa.ri.na.sa.i.

請面向前坐好。

Ⓑ はい。

ha.i.

好。

例句

例 ちゃんと仕事をしなさい。

cha.n.to./shi.go.to.o./shi.na.sa.i.

請好好工作。

例 用意はちゃんとできている。

yo.u.i.wa./cha.n.to./de.ki.te.i.ru.

準備得很週全。

▶ 考(かんが)えすぎないほうがいいよ。

ka.n.ga.e.su.gi.na.i./ho.u.ga.i.i.yo.

別想太多比較好。

說明

「～ほうがいい」帶有勸告的意思，就像中文裡的「最好～」。要提出自己的意見提醒對方的時候，可以用這個句子。

會話

A あまり考(かんが)えすぎないほうがいいよ。

a.ma.ri./ka.n.ga.e.su.gi.na.i./ho.u.ga.i.i.yo.

不要想太多比較好。

B うん、なんとかなるからね。

u.n./na.n.to.ka.na.ru.ka.ra.ne.

嗯，船到橋頭自然直嘛。

例句

例 食(た)べすぎないほうがいいよ。

ta.be.su.gi.na.i./ho.u.ga.i.i.yo.

最好別吃太多。

例 行(い)かないほうがいいよ。

i.ka.na.i./ho.u.ga.i.i.yo.

最好別去。

● track 108

▶ やってみない？

ya.tte.mi.na.i.

要不要試試？

說明

建議對方要不要試試某件事情的時候，可以用這個句子來詢問對方的意願。

類句

してみない？

shi.te.mi.na.i.

要不要試試看？

會話

Ⓐ 大(おお)きい仕事(しごと)の依頼(いらい)が来(き)たんだ。やってみない？

o.o.ki.i.shi.go.to.no.i.ra.i.ga./ki.ta.n.da./ya.tte.mi.na.i.

有件大的工作，你要不要試試？

Ⓑ はい、是非(ぜひ)やらせてください。

ha.i./ze.hi.ya.ra.se.te./ku.da.sa.i.

好的，請務必交給我。

例句

例 食(た)べてみない？

ta.be.te.mi.na.i.

要不要吃吃看？

▶ あげる。

a.ge.ru.

給你。

說　明

「あげる」是給的意思，也有「我幫你做～吧！」的意思，帶有上對下講話的感覺。

會　話

Ⓐ これ、あげるわ。

ko.re./a.ge.ru.wa.

這給你。

Ⓑ わあ、ありがとう。

wa.a./a.ri.ga.to.u.

哇，謝謝。

會　話

Ⓐ もっと上手(じょうず)になったら、ピアノを買(か)ってあげるよ。

mo.tto.jo.u.zu.ni./na.tta.ra./pi.a.no.o./ka.tte.a.ge.ru.yo.

要是你彈得更好了，我就買鋼琴給你。

Ⓑ うん、約束(やくそく)してね。

u.n./ya.ku.so.ku.shi.te.ne.

嗯，一言為定喔！

• track 109

▶ 出して。

da.shi.te.

提出。／拿出。

說明

「出して」是交出作業、物品的意思，但也可以用在無形的東西，像是勇氣、信心、聲音……等。

會話

Ⓐ ガイド試験を受けましたが、落ちました。

ga.i.do.shi.ke.n.o./u.ke.ma.shi.ta.ga./o.chi.ma.shi.ta.

我去參加導遊考試，但沒有合格。

Ⓑ 元気を出してください。

ge.n.ki.o./da.shi.te./ku.da.sa.i.

打起精神來。

例句

例 勇気を出して。

yu.u.ki.o./da.shi.te.

拿出勇氣來。

例 声を出して。

ko.e.o./da.shi.te.

請大聲一點。

track 110

▶ お願(ねが)い。

o.ne.ga.i.

拜託。

說 明

有求於人的時候，再說出自己的需求之後，再加上一句「お願い」，就能表示自己真的很需要幫忙。

會 話

Ⓐ お菓子(かし)を買(か)ってきてくれない？

o.ka.shi.o./ka.tte.ki.te./ku.re.na.i.

幫我買些零食回來好嗎？

Ⓑ 嫌(いや)だよ。

i.ya.da.yo.

不要！

Ⓐ お願(ねが)い！

o.ne.ga.i.

拜託啦！

例 句

例 お願(ねが)いがあるんですが。

o.ne.ga.i.ga./a.ru.n.de.su.ga.

有些事要拜託你。

例 お願(ねが)いします。

o.ne.ga.i.shi.ma.su.

拜託。

● track 110

▶ 手伝って。

te.tsu.da.tte.

幫幫我。

說明

當自己一個人的能力沒有辦法負荷的時候，要請別人伸出援手時，可以說「手伝ってください」，以請求支援。

會話

Ⓐ ちょっと本棚の整理を手伝ってくれない？

cho.tto./ho.n.da.na.no.se.i.ri.o./te.tsu.da.tte.ku.re.na.i.

可以幫我整理書櫃嗎？

Ⓑ へえ、嫌だよ。

he.e./i.ya.da.yo.

不要。

例句

例 手伝ってください。

te.tsu.da.tte./ku.da.sa.i.

請幫我。

例 手伝ってちょうだい。

te.tsu.da.tte./cho.u.da.i.

幫幫我吧！

例 手伝ってくれてありがとう。

te.tsu.da.tte.ku.re.te./a.ri.ga.to.u.

謝謝你幫我。

track 111

▶ 許(ゆる)してください。

yu.ru.shi.te./ku.da.sa.i.

請原諒我。

說明

「許す」是中文裡「原諒」的意思，加上了「ください」就是請原諒我的意思。若是不小心冒犯了對方，就立即用這句話道歉，請求對方原諒。

會話

A まだ勉強中(べんきょうちゅう)なので、間違(まちが)っているかもしれませんが、許(ゆる)してくださいね。

ma.da./be.n.kyo.u.chu.u.na.no.de./ma.chi.ga.tte.i.ru./ka.mo.shi.re.ma.se.n.ga./yu.ru.shi.te./ku.da.sa.i.ne.

我還在學習，也許會有錯誤的地方，請見諒。

B いいえ、こちらこそ。

i.i.e./ko.chi.ra.ko.so.

彼此彼此。

例句

例 お許(ゆる)しください。

o.yu.ru.shi.ku.da.sa.i.

原諒我。

例 まだ初心者(しょしんしゃ)なので、許(ゆる)してください。

ma.da.sho.shi.n.sha.na.no.de./yu.ru.shi.te./ku.da.sa.i.

還是初學者，請見諒。

track 111

▶ 来(き)てください。

ki.te.ku.da.sa.i.

請過來。

說　明

要請對方走過來、參加或是前來光臨的時的，都是用這句話，可以用在邀請對方的時候。

會　話

Ⓐ 楽(たの)しい時間(じかん)がすごせました。ありがとうございました。

ta.no.shi.i.ji.ka.n.ga./su.go.se.ma.shi.ta./a.ri.ga.to.u./go.za.i.ma.su.

我渡過了很開心的時間，謝謝。

Ⓑ また遊(あそ)びに来(き)てくださいね。

ma.ta./a.so.bi.ni.ki.te./ku.da.sa.i.ne.

下次再來玩吧！

例　句

例 見(み)に来(き)てくださいね。

mi.ni.ki.te.ku.da.sa.i.ne.

請來看。

例 是非(ぜひ)ライブに来(き)てください。

ze.hi./ra.i.bu.ni./ki.te.ku.da.sa.i.

請來參加演唱會。

track 112

▶ もう一度（いちど）。

mo.u.i.chi.do.

再一次。

說明

想要請對方再說一次，或是再做一次的時候，可以使用這個關鍵字。另外自己想要再做、再說一次的時候，也可以使用。

會話

Ⓐ すみません。もう一度説明（いちどせつめい）していただけませんか。

su.mi.ma.se.n./mo.u.i.chi.do./se.tsu.me.i.shi.te.i.ta.da.ke.ma.se.n.ka.

對不起，可以請你再説明一次嗎？

Ⓑ はい。

ha.i.

好。

例句

例 もう一度（いちど）やり直（なお）してください。

mo.u.i.chi.do./ya.ri.na.o.shi.te./ku.da.sa.i.

請再做一次。

例 もう一度頑張（いちどがんば）りたい。

mo.u.i.chi.do./ga.n.ba.ri.ta.i.

想再加油一次。

track 112

▶いただけませんか？

i.ta.da.ke.ma.se.n.ka.

可以嗎？

說　明

在正式請求的場合時，更為禮貌的說法就是「いただけませんか」，常用於對長輩或是地位較高的人。

會　話

A 日本語(にほんご)に訳(やく)していただけませんか？

ni.ho.n.go.ni./ya.ku.shi.te./i.ta.da.ke.ma.se.n.ka.

可以幫我翻成日文嗎？

B ええ、いいですよ。

e.e./i.i.de.su.yo.

好啊。

例　句

例 教(おし)えていただけませんか？

o.shi.e.te./i.ta.da.ke.ma.se.n.ka.

可以教我嗎？

例 手伝(てつだ)っていただけませんか？

te.tsu.da.tte./i.ta.da.ke.ma.se.n.ka.

可以幫我嗎？

track 113

▶ ちょうだい。

cho.u.da.i.

給我。

說 明

要請對方給自己東西或請對方幫自己做些事情的時候，就可以用這個關鍵字。

會 話

Ⓐ わたしは誰(だれ)だ？当(あ)ててみて。

wa.ta.shi.wa./da.re.da./a.te.te.mi.te.

猜猜我是誰？

Ⓑ 分(わ)からないよ。ヒントちょうだい。

wa.ka.ra.na.i.yo./hi.n.to./cho.u.da.i.

我猜不到，給我點提示。

例 句

例 これをちょうだいできますか？

ko.re.o./cho.u.da.i.de.ki.ma.su.ka.

這個可以給我嗎？

例 十分(じゅうぶん)ちょうだいしました。

ju.u.bu.n./cho.u.da.i.shi.ma.shi.ta.

收這麼大的禮真不好意思。／已經夠了。

track 113

もらえませんか？

mo.ra.e.ma.se.n.ka.

可以嗎？

說　明

比起「いただけませんか」，「もらえませんか」比較沒有那麼正式，但也是禮貌的說法，也是用於請求對方的時候。

會　話

A 辞書をちょっと見せてもらえませんか？

ji.sho.o./cho.tto.mi.se.te./mo.ra.e.ma.se.n.ka.

字典可以借我看看嗎？

B はい、どうぞ。

ha.i./do.u.zo.

好的，請。

例　句

例 教えてもらえませんか？

o.shi.e.te./mo.ra.e.ma.se.n.ka.

可以教我嗎？

例 傘を貸してもらえませんか？

ka.sa.o./ka.shi.te./mo.ra.e.ma.se.n.ka.

可以借我雨傘嗎？

track 114

▶意外です。

i.ga.i.de.su.

出乎意料。

說明

事情的發生讓自己感到意外，或者是對方所講的話出乎自己的意料之外時，都可以用這句話來表達。

會話

A 仕事の合間にゲームをしたりします。

shi.go.to.no.a.i.ma.ni./ge.e.mu.o./shi.ta.ri.shi.ma.su.

工作閒暇之餘，我會玩電動。

B 意外ですね。

i.ga.i.de.su.ne.

真是出乎我意料呢！

例句

例 ここで出会うとはまったく意外だ。

ko.ko.de./de.a.u.to.wa./ma.tta.ku.i.ga.i.da.

沒想到會在這裡遇到你。

例 こんな事があろうとは意外です。

ko.n.na.ko.to.ga./a.ro.u.to.wa./i.ga.i.de.su.

沒想到會有這種事。

track 114

▶くれない？

ku.re.na.i.

可以嗎？／可以給我嗎？

說明

和「ください」比較起來，不那麼正式的說法，和朋友說話的時候，可以用這個說法，來表示希望對方給自己東西或是幫忙。

會話

Ⓐ これ、買ってくれない？

ko.re./ka.tte.ku.re.na.i.

這可以買給我嗎？

Ⓑ いいよ。たまにはプレゼント。

i.i.yo./ta.ma.ni.wa./pu.re.ze.n.to.

好啊，偶爾也送你些禮物。

例句

例 待ってくれない？

ma.tte.ku.re.na.i.

可以等我一下嗎？

例 絵の描き方を教えてくれませんか？

e.no.ka.ki.ka.ta.o./o.shi.e.te.ku.re.ma.se.n.ka.

可以教我怎麼畫畫嗎？

track 115

▶ 考(かんが)えて。

ka.n.ga.e.te.

想一下。

說　明

希望對方可以好好思考一下，可以用「考えて」；而自己想要思考一下再做決定時，則用「考えとく」。

會　話

Ⓐ 書(か)く前(まえ)に、ちゃんと考(かんが)えてね。

ka.ku.ma.e.ni./cha.n.to.ka.n.ga.e.te.ne.

下筆之前，請先好好想一想。

Ⓑ はい、分(わ)かりました。

ha.i./wa.ka.ri.ma.shi.ta.

好。

例　句

例 考(かんが)えておく。

ka.n.ga.e.te.o.ku.

讓我想一想。

例 もう一度(いちど)考(かんが)えてください。

mo.u.i.chi.do./ka.n.ga.e.te./ku.da.sa.i.

請再想一次。

例 まだ考(かんが)えています。

ma.da./ka.n.ga.e.te.i.ma.su.

我還在想。

• track 115

▶ それもそうだ。

so.re.mo.so.u.da.

說得也對。

說明

在談話中，經過對方的提醒、建議而讓想法有所改變時，可以用這句話來表示贊同和恍然大悟。

會話

Ⓐ 皆(みな)で一緒(いっしょ)に考(かんが)えたほうがいいよ。

mi.na.de.i.ssho.ni./ka.n.ga.e.ta.ho.u.ga./i.i.yo.

大家一起想會比較好喔！

Ⓑ それもそうだね。

so.re.mo.so.u.da.ne.

說得也對。

例句

例 それもそうですね。

so.re.mo.so.u.de.su.ne.

說得也對。

例 それもそうかもなあ。

so.re.mo.so.u.ka.mo.na.a.

也許你說得對。

▶ えっと。

e.tto.

呃…。

說　明

回答問題的時候，如果還需要一些時間思考，日本人通常會用重複一次問題，或是利用一些詞來延長回答的時間，像是「えっと」「う～ん」之類的，都可以在思考問題時使用。

會　話

Ⓐ 全部(ぜんぶ)でいくら？

se.n.bu.de.i.ku.ra.

全部多少錢？

Ⓑ えっと…。

e.tto.

呃…。

例　句

例 えっとね。

e.tto.ne.

呃…。

例 えっと…、えっと…。

e.tto./e.tto.

嗯…，嗯…。

track 116

▶ そうかも。

so.u.ka.mo.

也許是這樣。

說 明

當對話時，對方提出了一個推斷的想法，但是聽的人也不確定這樣的想法是不是正確時，就能用「そうかも」來表示自己也不確定，但對方說的應該是對的。

會 話

Ⓐ あの人（ひと）、付（つ）き合（あ）い悪（わる）いから、誘（さそ）ってもこないかも。

a.no.hi.to./tsu.ki.a.i.wa.ru.i.ka.ra./sa.so.tte.mo.ko.na.i.ka.mo.

那個人，因為很難相處，就算約他也不會來吧。

Ⓑ そうかもね。

so.u.ka.mo.ne.

也許是這樣吧。

會 話

Ⓐ わたしは頭（あたま）がおかしいのでしょうか？

wa.ta.shi.wa./a.ta.ma.ga.o.ka.shi.i.no.de.sho.u.ka.

我的想法是不是很奇怪？

Ⓑ そうかもしれませんね。

so.u.ka.mo.sh.re.ma.se.n.ne.

搞不好是這樣喔！

track 117

▶つまり。

tsu.ma.ri.

也就是說。

說明

這句話有總結的意思，在對話中，經過前面的解釋、溝通中，得出了結論和推斷，用總結的一句話講出時，就可以用到「つまり」。

會話

Ⓐ 今日は用事があるから…。

kyo.u.wa./yo.u.ji.ga.a.ru.ka.ra.

今天有點事……。

Ⓑ つまり行かないってこと？

tsu.ma.ri./i.ka.na.i.tte.ko.to.

也就是說你不去囉？

例句

例 つまりあなたは何をしたいのか？

tsu.ma.ri.a.na.ta.wa./na.ni.o.shi.ta.i.no.ka.

你到底是想做什麼呢？

例 これはつまりお前のためだ。

ko.re.wa./tsu.ma.ri.o.ma.e.no.ta.me.da.

總之這都是為了你。

• track 117

▶ だって。

da.tte.

但是。

說明

受到對方的責難、抱怨時，若自己也有滿腹的委屈，想要有所辯駁時，就可以用「だって」，而使用這個關鍵字時。但是這句話可不適用於和長輩對話時使用，否則會被認為是任性又愛強辯喔！

會話

Ⓐ 早（はや）くやってくれよ。

ha.ya.ku.ya.tte.ku.re.yo.

快點去做啦！

Ⓑ だって、本当（ほんとう）に暇（ひま）がないんですよ。

da.tte./ho.n.to.u.ni.hi.ma.ga./na.i.n.de.su.yo.

但是，我真的沒有時間嘛！

例句

例 旅行（りょこう）に行（い）くのはやめよう。だって、チケットが取（と）れないもんね。

ryo.ko.u.ni.i.ku.no.wa./ya.me.yo.u./da.tte./chi.kke.to.ga./to.re.na.i.mo.n.ne.

我不去旅行了，因為我買不到票。

例 わたしだって嫌（いや）です。

wa.ta.shi.dda.tte.i.ya.de.su.

但是我不喜歡嘛！

track 118

確か。

ta.shi.ka.

的確。

説　明

在對話中，對自己的想法或記憶有把握，就會用「確か」來把示自己對這件事是有把握的。

會　話

A パーティーは八時半って聞いてたけど。

pa.a.ti.i.wa.ha.chi.ji.ha.n.tte./ki.i.te.ta.ke.do.

我聽説派對是八點半開始。

B いや、電話で七時半にって確かに聞きました。

i.ya./de.n.wa.de.shi.chi.ji.ha.n.ni.tte./ta.shi.ka.ni.ki.ki.ma.shi.ta.

不，我在電話中的確聽到是説七點半。

例　句

例 確かな証拠がある。

ta.shi.ka.na.sho.u.ko.ga.a.ru.

有確切的證據。

例 月末までには確かにお返しします。

ge.tsu.ma.tsu.ma.de.ni.wa./ta.shi.ka.ni.o.ka.e.shi.shi.ma.su.

月底我確定會還給你。

track 118

▶ わたしも。

wa.ta.shi.mo.

我也是。

說　明

「も」這個字是「也」的意思，當人、事、物有相同的特點時，就可以用這個字來表現。

會　話

Ⓐ 昨日海へ行ったんだ。

ki.no.u./u.mi.e.i.tta.n.da.

我昨天去了海邊。

Ⓑ 本当？わたしも行ったよ。

ho.n.to.u./wa.ta.shi.mo.i.tta.yo.

真的嗎？我昨天也去了耶！

例　句

例 わたしも鈴木さんも佐藤さんもみんなおんなじ大学の学生です。

wa.ta.shi.mo./su.zu.ki.sa.n.mo./sa.to.u.sa.n.mo./mi.n.na.o.n.na.ji.da.i.ga.ku.no./ga.ku.se.i.de.su.

我、鈴木先生和佐藤先生，大家都是同一所大學生的學生。

track 119

▶ 賛成(さんせい)。

sa.n.se.i.

贊成。

說　明

和中文的「贊成」意思相同，用法也一樣。在附和別人的意見時，用來表達自己也是同樣意見。

會　話

Ⓐ 明日動物園(あしたどうぶつえん)に行(い)こうか？

a.shi.ta.do.u.bu.tsu.e.n.ni./i.ko.u.ka.

明天我們去動物園好嗎？

Ⓑ やった！賛成(さんせい)、賛成(さんせい)！

ya.tta./sa.n.se.i./sa.n.se.i.

耶！贊成贊成！

會　話

Ⓐ この意見(いけん)に賛成(さんせい)できないね。

ko.no.i.ke.n.ni./sa.n.se.i.de.ki.na.i.ne.

我無法贊成這個意見。

Ⓑ どうして？

do.u.shi.te.

為什麼？

● track 119

▶ とにかく。

to.ni.ka.ku.

總之。

説 明

在遇到困難或是複雜的狀況時，要先做出適當的處置時，就會用「とにかく」。另外在表達事物程度時，也會用到這個字，像是「とにかく寒い」，就是表達出「不管怎麼形容，總之就是很冷」的意思。

會 話

Ⓐ 田中(たなか)さんは用事(ようじ)があって今日(きょう)は来(こ)られないそうだ。

ta.na.ka.sa.n.wa./yo.u.ji.ga.a.tte./kyo.u.wa.ko.ra.re.na.i.so.u.da.

田中先生今天好像因為有事不能來了。

Ⓑ とにかく昼(ひる)まで待(ま)ってみよう。

to.ni.ka.ku./hi.ru.ma.de.ma.tte.mi.yo.u.

總之我們先等到中午吧。

例 句

例 とにかく暑(あつ)いね！

to.ni.ka.ku.a.tsu.i.ne.

總之就是很熱啊！

track 120

▶ いつも。

i.tsu.mo.

一直。

說明

當一個現象持續的出現，或是經常是這個狀況時，就用「いつも」來表示。

會話

A 彼女(かのじょ)はいつもニコニコしていて、子供(こども)にとても優(やさ)しいです。

ka.no.jo.wa./i.tsu.mo./ni.ko.ni.ko.shi.te.i.te./ko.do.mo.ni.to.te.mo.ya.sa.shi.i.de.su.

她一直都是帶微笑，對小朋友也很温柔。

B 本当(ほんとう)にいい人(ひと)ですね。

ho.n.to.u.ni.i.i.hi.to.de.su.ne.

真是一個好人呢！

例句

例 いつもそう言(い)っていた。

i.tsu.mo.so.u.i.tte.i.ta.

我一向都是這麼說。

例 いつものところで待(ま)ってください。

i.tsu.mo.no.to.ko.ro.de./ma.tte.ku.da.sa.i.

在老地方等我。

• track 120

▶なんか。

na.n.ka.

之類的。

說明

在講話時，想要說的東西範圍和種類非常多，而只提出其中的一種來表示，就用「なんか」來表示，也就是「這一類的」的意思。

會話

Ⓐ 最近(さいきん)はゴルフにも少(すこ)し飽(あ)きましたね。

sa.i.ki.n.wa./go.ru.fu.ni.mo./su.ko.shi.a.ki.ma.shi.ta.ne.

最近對打高爾夫球有點厭煩了。

Ⓑ じゃあ、次(つぎ)はガーデニングなんかどうですか？

ja.a./tsu.gi.wa./ga.a.de.ni.n.gu.na.n.ka./do.u.de.su.ka.

那，下次我們來從事園藝什麼的，如何？

例句

例 どうせわたしなんか何(なに)もできない。

do.u.se.wa.ta.shi.na.n.ka./na.ni.mo.de.ki.na.i.

反正像我這樣就是什麼都辦不到。

例 お金(かね)なんか持(も)ってない。

o.ka.ne.na.n.ka./mo.tte.na.i.

我沒有什麼錢。

track 121

▶ いいと思う。

i.i.to.o.mo.u.

我覺得可以。

說明

在表達自己的意見和想法時，日本人常會用「と思う」這個關鍵字，代表這是個人的想法，以避免給人太過武斷的感覺。而在前面加上了「いい」就是「我覺得很好」的意思，在平常使用時，可以把「いい」換上其他的詞或句子。

會話

A もう一度書き直す。

mo.u.i.chi.do.ka.ki.na.o.shi.

重新寫一篇。

B いや、このままでいいと思う。

i.ya./ko.no.ma.ma.de.i.i.to.o.mo.u.

才不要，我覺得這樣就可以了。

例句

例 かわいいと思う。

ka.wa.i.i.to.o.mo.u.

我覺得很可愛。

例 バイトしようと思う。

ba.i.to.shi.yo.u.to.o.mo.u.

我想要去打工。

track 121

▶そうとは思(おも)わない。

so.u.to.wa./o.mo.wa.na.i.

我不這麼認為。

說明

在表達自己持有相反的意見時，日本人會用到「とは思わない」這個關鍵句。表示自己並不這麼想。

會話

A 東京(とうきょう)の人(ひと)は冷(つめ)たいなあ。

to.u.kyo.u.no.hi.to.wa./tsu.me.ta.i.na.a.

東京的人真是冷淡。

B う～ん。そうとは思(おも)わないけど。

u.n./so.u.to.wa./o.mo.wa.na.i.ke.do.

嗯…，我倒不這麼認為。

例句

例 おかしいとは思(おも)わない。

o.ka.shi.i.to.wa./o.mo.wa.na.i.

我不覺得奇怪。

例 ノーチャンスとは思(おも)わない。

no.o./cha.n.su.to.wa./o.mo.wa.na.i.

我不認為沒機會。

track 122

▶ で。

de.

那麼。

說 明

「で」是「それで」的省略用法，用來表示「然後呢？」「接下來」的意思，也就是用來承接前面所說的事物，接下來的發展。

會 話

Ⓐ 今日(きょう)の数学(すうがく)は休講(きゅうこう)だったそうだね。

kyo.u.no.su.u.ga.ku.wa./kyu.u.ko.u.da.tta.so.u.da.ne.

今天數學課好像沒有上課。

Ⓑ で、その時間(じかん)何(なに)をしていた？

de.so.no.ji.ka.n./na.ni.o.shi.te.i.ta.

那麼，那個時間做了什麼？

例 句

例 今朝(けさ)は断水(だんすい)だった。で、わたしはシャワーできずに会社(かいしゃ)に出(で)た。

ke.sa.wa./da.n.su.i.da.tta./de.wa.ta.shi.wa.sha.wa.a.de.ki.zu.ni.ka.i.sha.ni.de.ta.

今天早上停水，所以我沒有洗澡就出門上班了。

例 で、今(いま)どこにいますか？

de./i.ma.do.ko.ni.i.ma.su.ka.

那麼，你現在在哪？

● track 122

▶ それにしても。

so.re.ni.shi.te.mo.

即使如此。

說 明

談話時，本身持有不同的意見，但是對方的意見也有其道理時，可以用「それにしても」來表示，雖然你說的有理，但我也堅持自己的意見。另外自己對於一件事情已經有所預期，或者是依常理已經知道會有什麼樣的狀況，但結果卻比所預期的還要誇張嚴重時，就會用「それにしても」來表示。

會 話

A 田中(たなか)さん遅(おそ)いですね。

ta.na.ka.sa.n./o.so.i.de.su.ne.

田中先生真慢啊！

B 道(みち)が込(こ)んでいるんでしょう。

mi.chi.ga.ko.n.de.i.ru.n.de.sho.u.

應該是因為塞車吧。

A それにしても、こんなに遅(おく)れるはずがないでしょう？

so.re.ni.sh.te.mo./ko.n.na.ni.o.ku.re.ru./ha.zu.ga.na.i.de.sho.u.

即使如果，也不會這麼晚吧？

▶ さっそく。

sa.sso.ku.

趕緊。

說　明

這句話有立刻的意思。可以用來表示自己急於進入下一步驟，不想要浪費時間的意思。

會　話

Ⓐ 早速ですが、本題に入らせていただきます。

sa.sso.ku.de.su.ga./ho.n.da.i.ni.ha.i.ra.se.te./i.ta.da.ki.ma.su.

那麼，言歸正傳吧。

Ⓑ ええ。

e.e.

好。

例　句

例 早速お送りします。

sa.sso.ku.o.o.ku.ri.shi.ma.su.

趕緊送過去。

例 早速お返事をいただき、ありがとうございます。

sa.sso.ku.o.he.n.ji.o./i.ta.da.ki./a.ri.ga.to.u./go.za.i.ma.su.

謝謝你這麼快給我回應。

● track 123

▶ この頃（ごろ）。

ko.no.go.ro.

最近。

說　明

「頃」一詞是用來表達一段時期，「この頃」是「這一段時間」的意思，也就是最近的意思。

會　話

Ⓐ 最近（さいきん）はどうですか？

sa.i.ki.n.wa./do.u.de.su.ka.

最近如何？

Ⓑ この頃（ごろ）どうも体（からだ）の調子（ちょうし）が悪（わる）くて…。

ko.no.go.ro./do.u.mo.ka.ra.da.no.cho.u.shi.ga./wa.ru.ku.te./

最近身體實在不太好。

例　句

例 ちょうどこの頃（ごろ）。

cho.u.do.ko.no.go.ro.

剛好這個時候。

例 あの頃（ころ）は何（なに）も分（わ）からなかった。

a.no.ko.ro.wa./na.ni.mo.wa.ka.ra.na.ka.tta.

那個時候什麼都不懂。

track 124

▶ はい。

ha.i.

好。／是。

說 明

在對長輩說話，或是在較正式的場合裡，用「はい」來表示同意的意思。另外也可以表示「我在這」、「我就是」。

會 話

Ⓐ あの人(ひと)は桜井(さくらい)さんですか？

a.no.hi.to.wa./sa.ku.ra.i.sa.n.de.su.ka.

那個人是櫻井先生嗎？

Ⓑ はい、そうです。

ha.i./so.u.de.su.

嗯，是的。

會 話

Ⓐ 金曜日(きんようび)までに出(だ)してください。

ki.n.yo.u.bi.ma.de.ni./da.shi.te.ku.da.sa.i.

請在星期五之前交出來。

Ⓑ はい、わかりました。

ha.i./wa.ka.ri.ma.shi.ta.

好，我知道了。

track 124

▶いいえ。

i.i.e.

不好。／不是。

說明

在正式的場合，否認對方所說的話時，用「いいえ」來表達自己的意見。

會話

Ⓐ もう食(た)べましたか？

mo.u.ta.be.ma.shi.ta.ka.

你吃了嗎？

Ⓑ いいえ、まだです。

i.i.e./ma.da.de.su.

不，還沒。

會話

Ⓐ 英語(えいご)がお上手(じょうず)ですね。

e.i.go.ga./o.jo.u.zu.de.su.ne.

你的英文說得真好。

Ⓑ いいえ、そんなことはありません。

i.i.e./so.n.na.ko.to.wa./a.ri.ma.se.n.

不，你過獎了。

▶ もうすぐ。

mo.u.su.gu.

就快到了。／馬上就要到了。

說　明

「もう」「すぐ」都含有「快到了」「很快」的意思，所以兩個詞合起來，就帶有很快就要到了的意思。

會　話

Ⓐ もうすぐ入学試験(にゅうがくしけん)ですね。

mo.u.su.gu./nyu.u.ga.ku.shi.ke.n.de.su.ne.

馬上就是入學考試了。

Ⓑ ええ、そうですね。今(いま)から緊張(きんちょう)しています。

e.e./so.u.de.su.ne./i.ma.ka.ra.ki.n.cho.u.shi.te.i.ma.su.

嗯，是啊。現在就覺得緊張了。

會　話

Ⓐ お母(かあ)さん、まだかなあ？

o.ka.a.sa.n./ma.da.ka.na.a.

媽，還沒有好嗎？

Ⓑ もうすぐ終(お)わるから、待(ま)っててね。

mo.u.su.gu.o.wa.ru.ka.ra./ma.tte.te.ne.

馬上就好了，再等一下喔！

track 125

▶ すごい。

su.go.i.

真厲害。

說　明

「すごい」一詞可以用在表示事情的程度很高，也可以用來稱讚人事物。

會　話

Ⓐ この指輪(ゆびわ)、自分(じぶん)で作(つく)ったんだ。

ko.no.yu.bi.wa./ji.bu.n.de.tsu.ku.tta.n.da.

這戒指，是我自己做的喔！

Ⓑ わあ、すごい！

wa.a./su.go.i.

哇，真厲害。

例　句

例 すごい顔(かお)つき。

su.go.i.ka.o.tsu.ki.

表情非常可怕。

例 すごい雨(あめ)です。

su.go.i.a.me.de.su.

好大的雨。

例 すごい人気(にんき)。

su.go.i.ni.n.ki.

非常受歡迎。

track 126

▶ まさか。

ma.sa.ka.

怎麼可能。／萬一。

說明

當事情的發展出乎自己的意料時，可以用「まさか」來表示自己的震驚。

會話

Ⓐ 木村さんが整形したそうだ。

ki.mu.ra.sa.n.ga./se.i.ke.i.shi.ta.so.u.da.

木村小姐好像有整型。

Ⓑ まさか。そんなことがあるはずない。

ma.sa.ka./so.n.na.ko.to.ga./a.ru.ha.zu.na.i.

怎麼可能。不可能有這種事。

例句

例 まさか彼が犯人だったなんて、信じられない。

ma.sa.ka.ka.re.ga./ha.n.ni.n.da.tta.na.n.te./shi.n.ji.ra.re.na.i.

沒想到他竟然是犯人，真不敢相信。

例 まさかの時にはすぐに知らせてくれ。

ma.sa.ka.no.to.ki.ni.wa./su.gu.ni.shi.ra.se.te.ku.re.

萬一有什麼事的話，請立刻通知我。

• track 126

▶ 不思議だ。

fu.shi.gi.da.

不可思議。

說　明

這句話和中文中的「不可思議」，不但文字相似，意思也差不多。通常是事情的發生讓人覺得很難以想像時使用。

會　話

Ⓐ あのアニメって何で人気があるんだろう？

a.no.a.ni.me.tte./na.n.de.ni.n.ki.ga.a.ru.n.da.ro.u.

那部動畫到底為什麼這麼受歡迎呢？

Ⓑ 不思議だよね。

fu.shi.gi.da.yo.ne.

很不可思議吧！

例　句

例 世にも不思議な物語。

yo.ni.mo.fu.shi.gi.na.mo.no.ga.ta.ri.

世界奇妙故事。

例 彼が最後に裏切っても別に不思議はない。

ka.re.ga./sa.i.go.ni.u.ra.gi.tte.mo./be.tsu.ni.fu.shi.gi.wa.na.i.

他最後會背叛大家這件事，沒有什麼意外的。

▶ そうだ。

so.u.da.

對了。／就是說啊。

說　明

突然想起某事時，可以用「そうだ」來表示自己忽然想起了什麼。另外，當自己同意對方所說的話時，也可以用這句話來表示贊同。

會　話

Ⓐ あ、そうだ。プリンを買（か）うのを忘（わす）れちゃった。

a.so.u.da./pu.ri.n.o.ka.u.no.o./wa.su.re.cha.tta./

啊，對了。我忘了買布丁了。

Ⓑ じゃあ、買（か）ってきてあげるわ。

ja.a./ka.tte.ki.te.a.ge.ru.wa.

那，我去幫你買吧。

例　句

例 そうだよ。

so.u.da.yo.

就是說啊。

例 そうだ、山（やま）へ行（い）こう。

so.u.da./ya.ma.e.i.ko.u.

對了，到山上去吧！

track 127

▶そんなことない。

so.n.na.ko.to.na.i.

沒這回事。

說明

「ない」有否定的意思。「そんなことない」就是「沒有這種事」的意思。在得到對方稱讚時，用來表示對方過獎了。或是否定對方的想法時，可以使用。

會話

A 今日も綺麗ですね。

kyo.u.mo.ki.re.i.de.su.ne.

今天也很漂亮呢！

B いいえ、そんなことないですよ。

i.i.e./so.n.na.ko.to.na.i.de.su.yo.

不，沒這回事。

會話

A 本当はわたしのこと、嫌いなんじゃない？

ho.n.to.u.wa./wa.ta.shi.no.ko.to./ki.ra.i.na.n.ja.na.i.

你其實很討厭我吧？

B いや、そんなことないよ！

i.ya./so.n.na.ko.to.na.i.yo.

不，沒有這回事啦！

track 128

▶ こちらこそ。

ko.chi.ra.ko.so.

彼此彼此。

說 明

當對方道謝或道歉時，可以用這句話來表現謙遜的態度，表示自己也深受對方照顧，請對方不用太在意。

會 話

Ⓐ 今日(きょう)はよろしくお願(ねが)いします。

kyo.u.wa./yo.ro.shi.ku./o.ne.ga.i.shi.ma.su.

今天也請多多指教。

Ⓑ こちらこそ、よろしく。

ko.chi.ra.ko.so./yo.ro.shi.ku.

彼此彼此，請多指教。

會 話

Ⓐ わざわざ来(き)てくれて、ありがとうございます。

wa.za.wa.za.ki.te.ku.re.te./a.ri.ga.to.u./go.za.i.ma.su.

謝謝你特地前來。

Ⓑ いいえ、こちらこそ。

i.i.e./ko.chi.ra.ko.so.

不，彼此彼此。

● track 128

▶ あれっ？

a.re.

咦？

說　明

突然發現什麼事情，心中覺得疑惑的時候，會用這句話來表示驚訝。

會　話

A あれっ、雨が降ってきたよ。

a.re./a.me.ga.fu.tte.ki.ta.yo.

咦？下雨了。

B 本当だ。

ho.n.to.u.da.

真的耶。

例　句

例 あれっ？一個足りない。

a.re./i.kko.ta.ri.na.i.

咦？少了一個。

例 あれっ？あの人は変わったなあ。

a.re./a.no.hi.to.wa./ka.wa.tta.na.a.

咦？那個人好奇怪喔！

例 あれっ？ここはどこですか？

a.re./ko.ko.wa.do.ko.de.su.ka.

咦？這裡是哪裡？

▶ さすが。

sa.su.ga.

真不愧是。

說　明

當自己覺得對人、事、物感到佩服時，可以用來這句話來表示對方真是名不虛傳。

會　話

Ⓐ これは簡単です。このボタンを押すと、再生が始まります。

a.a./ko.re.wa.ka.n.ta.n.de.su./ko.no.bo.ta.n.o.o.su.to./sa.i.se.i.ga.ha.ji.ma.ri.ma.su.

啊，這個很簡單。先按下這個按鈕，就會開始播放了。

Ⓑ さすがですね。

sa.su.ga.de.su.ne.

真不愧是高手。

例　句

例 さすがプロです。

sa.su.ga.pu.ro.de.su.

果然很專業。

track 129

▶ へえ。

he.e.

哇！／欸。

說 明

日本人在說話的時候，會很注意對方的反應，所以在聽人敘述事情的時候，要常常做出適當的反應。這裡的「へえ」就是用在當自己聽了對方的話，覺得驚訝的時候。但是要記得提高音調講，若是語調平淡，會讓對方覺得你是敷衍了事。

會 話

Ⓐ これ、チーズケーキ。自分（じぶん）で作（つく）ったんだ。

ko.re./chi.i.zu.ke.e.ki./ji.bu.n.de.tsu.ku.tta.n.da.

這是我自己做的起士蛋糕。

Ⓑ へえ、すごい。

he.e./su.go.i.

哇，真厲害。

例 句

例 へえ、うまいですね。

he.i./u.ma.i.de.su.ne.

欸，真厲害耶。

例 へえ。そうなんだ。

he.e./so.u.na.n.da.

咦，原來是這樣啊。

▶なるほど。

na.ru.ho.do.

原來如此。

說明

當自己對一件事情感到恍然大悟的時候，就可以用這一句話來說明自己如夢初醒，有所理解。

會話

A どうして今日(きょう)は来(こ)なかったの？

do.u.shi.te.kyo.u.wa./ko.na.ka.tta.no.

為什麼今天沒有來？

B ごめん、電車(でんしゃ)が三時間(さんじかん)も遅(おく)れたんだ。

go.me.n./de.n.sha.ga./sa.n.ji.ka.n.mo./o.ku.re.ta.n.da.

對不起，火車誤點了三個小時

A なるほど。

na.ru.ho.do.

原來是這樣。

• track 130

▶ もちろん。

mo.chi.ro.n.

當然。

說　明

當自己覺得事情理所當然，對於事實已有十足把握時，就可以用「もちろん」來表示很有胸有成竹、理直氣壯的感覺。

會　話

A 二次会(にじかい)に行(い)きますか？

ni.ji.ka.i.ni.i.ki.ma.su.ka.

要不要去下一攤？

B もちろん！

mo.chi.ro.n.

當然要！

會　話

A 新曲(しんきょく)、もちろんもう聴(き)いたよね？

shi.n.kyo.ku./mo.chi.ro.n.mo.u.ki.ki.ta.yo.ne.

新歌，你應該已經聽過了吧？

B えっ、出(で)てたんですか？

e./de.te.ta.n.de.su.ka.

咦？已經出了嗎？

▶ 今度(こんど)。

ko.n.do.

這次。／下次。

說明

「今度」在日文中有「這次」和「下次」兩種意思。要記得依據對話的內容，來判斷出對方所說的到底是這一次還是下一次喔！

會話

Ⓐ 今度(こんど)は由紀(ゆき)くんの番(ばん)だ。

ko.n.do.wa./yu.ki.ku.n.no.ba.n.da.

這次輪到由紀了。

Ⓑ はい。

ha.i.

好。

會話

Ⓐ 今度(こんど)の日曜(にちよう)は何日(なんにち)ですか？

ko.n.do.no./ni.chi.yo.u.wa./na.n.ni.chi.de.su.ka.

下個星期天是幾號？

Ⓑ 二十日(はつか)です。

ha.tsu.ka.de.su.

二十號。

• track 131

▶ それから。

so.re.ka.ra.

然後。

說明

當事情的發生有先後順序，或是想講的東西有很多時，用來表示順序。而向對方詢問下一步該怎麼做，或是後來發生了什麼事時，也可以用這句話來詢問對方。

會話

Ⓐ 昨日、すりに遭ったの。

ki.no.u./su.ri.ni.a.tta.no.

我昨天遇到扒手了。

Ⓑ えっ！大変だね。それから？

e./ta.i.he.n.da.ne./so.re.ka.ra.

什麼！真是不得了。然後呢？

例句

例 買いたいものは食べ物、服、それから化粧品です。

ka.i.ta.i.mo.no.wa./ta.be.mo.o./fu.ku./so.re.ka.ra/ke.sho.u.hi.n.de.su.

想買的東西有食物、衣服，然後還有化妝品。

例 まずひと休みしてそれから仕事にかかろう。

ma.zu.hi.to.ya.su.mi.shi.te./so.re.ka.ra./shi.go.to.ni.ka.ka.ro.u.

先休息一下，然後再開始工作。

track 132

▶ やはり。

ya.ha.ri.

果然。

說　明

當事情的發生果然如同自己事先的預料時，就可以用「やはり」來表示自己的判斷是正確的。

類　句

やっぱり。

ya.ppa.ri.

果然。

會　話

Ⓐ ワインもよいですが、やはり和食(わしょく)と日本酒(にほんしゅ)の相性(あいしょう)は抜群(ばつぐん)ですよ。

wa.i.n.mo.yo.i.de.su.ga./ya.ha.ri./wa.sho.ku.to.ni.ho.n.shu.no./a.i.sho.u.wa./ba.tsu.gu.n.de.su.yo.

配紅酒也不錯，但是日本料理果然還是要配上日本酒才更相得益彰。

Ⓑ そうですね。

so.u.de.su.ne.

就是說啊。

• track 132

▶ 絶対。

ze.tta.i.

一定。

說明

「絶対」在日文中是「一定」的意思。在做出承諾，表示自己保證會這麼做的時候，就可以用「絶対」來表現決心。

會話

Ⓐ ごめん、今日は行けなくなちゃった。来週は絶対行くね。

go.me.n./kyo.u.wa./i.ke.na.ku.na.cha.tta./ra.i.shu.wa.ze.tta.i.i.ku.ne.

對不起，今天不能去了。下星期一定會過去。

Ⓑ 絶対に来るよ。

ze.tta.i.ni.ku.ru.yo.

一定要來喔！

會話

Ⓐ 彼と一緒に行けばいいじゃない？

ka.re.to.i.ssho.ni.i.ke.ba./i.i.ja.na.i.

和他一起去不就好了？

Ⓑ 無理。絶対いやだよ。

mu.ri./ze.tta.i.i.ya.da.yo.

不可能。我絕對不要。

track 133

▶ 相槌を打つ。

a.i.zu.chi.o./u.tsu.

答腔。

說明

日本人在聽別人說話的時候，會同時說配合點頭、或說或「はい」「いいえ」「そうですか」之類的話語，來表示有專心聽對方說話。但若是回答得不好，老是用同樣的話語回應的話，很容易讓人覺得只是敷衍了事，所以答腔也是日語會話中的一門學問。

會話

A テストの前日ぐらいは少し勉強しなさいよ。

te.su.to.no.ze.n.ji.tsu.gu.ra.i.wa./su.ko.shi.be.n.kyo.u.shi.na.sa.i.yo.

考試前一天，至少念一下書吧。

B うん。そうだね。

u.n./so.u.da.ne.

嗯，好。

A 適当に相槌を打ってんじゃないの！

te.ki.to.u.ni./a.i.zu.chi.o.u.tte.n.ja.na.i.no.

不要隨便回答應付了事！

▶ 朝飯前(あさめしまえ)。

a.sa.me.shi.ma.e.

輕而易舉。

說　明

在吃早餐之前的時間就可以完成的事情，表示事情非常的簡單，不費吹灰之力就可以完成了。

類　句

赤子(あかご)の手(て)をひねる。

a.ka.go.no.te.o./hi.ne.ru.

輕而易舉。

會　話

Ⓐ すごい。恵美(えみ)ちゃん上手(じょうず)だね。

su.go.i./e.mi.cha.n./jo.u.zu.da.ne.

真厲害。惠美你真棒。

Ⓑ ほんの朝飯前(あさめしまえ)だ。

ho.n.no./a.sa.me.shi.ma.e.da.

輕而易舉，小事一樁。

track 134

▶ 足（あし）を引（い）っ張（ぱ）る。

a.shi.o./hi.ppa.ru.

扯後腿。

說明

妨礙別人做事、當大家都在做一件事時，只有自己一個人做不好，造成大家的困擾時，就可以用這句話。

類句

邪魔（じゃま）する。

ja.ma.su.ru.

礙事。

會話

Ⓐ 今日（きょう）の朝（あさ）からサッカーを練習（れんしゅう）するぞ。

kyo.u.no.a.sa.ka.ra./sa.kka.a.o./re.n.shu.u.su.ru.zo.

今天早上開始要練習足球囉！

Ⓑ はあ、みんなの足（あし）を引（い）っ張（ぱ）ったらどうしよう…

ha.a./mi.n.na.no./a.shi.o./hi.ppa.tta.ra./do.u.shi.yo.u.

希望我不會扯班上同學的後腿。

Ⓐ 心配（しんぱい）しないで。きっと大丈夫（だいじょうぶ）だよ。

shi.n.pa.i.shi.na.i.de./ki.tto.da.i.jo.u.bu.da.yo.

別擔心，一定沒問題的。

track 134

▶ 油を売る。

a.bu.ra./o./u.ru.

繞到別的地方。

說明

在古代，去買燈油時，因為把油移到容器十分花時間，所以賣油的人常常會和客人聊天打發時間，所以就用這句話來表示和人閒聊度過時間。現在則多半是用在形容人在往目的地的路上繞到別的地方去。

類句

サボる。

sa.bo.ru.

偷懶。／翹課。／翹班。

會話

A ただいま。

ta.da.i.ma.

我回來了。

B もう。どこで油を売ってたの！

mo.u./do.ko.de.a.bu.ra.o.u.tte.ta.no.

真是的，你跑到哪裡去閒晃了！

track 135

▶ 息(いき)を殺(ころ)す。

i.ki.o./ko.ro.su.

摒氣凝神。

說明

不發出任何聲響，連呼吸都十分的小心，專心地做一件事的時候可以用這句慣用語。

會話

A あっ、カブトムシ発見！

a./ka.bu.to.mu.shi.ha.kke.n.

啊，我發現獨甲仙了！

B しっ、息(いき)を殺(ころ)してそっと近(ちか)づくんだ。

shi./i.ki.o.ko.ro.shi.te./so.tto./chi.ka.zu.ku.n.da.

噓！摒氣凝神悄悄的接近牠。

A わかった。

wa.ka.tta.

好。

B やった、捕(つか)まえた。

ya.tta./tsu.ka.ma.e.ta.

耶！抓到了。

一か八か。

i.chi.ka./ba.chi.ka.

聽天由命。／碰運氣。

說明

不知道結果如何，把事情交給命運，放手一搏。

類句

のるかそるか。

no.ru.ka.so.ru.ka.

是成是敗。

會話

A 一回勝負だ！

i.kka.i.sho.u.bu.da.

一次定勝負！

B うん、一か八か勝負だ。

u.n./i.chi.ka.ba.chi.ka./sho.u.bu.da.

嗯嗯，讓老天決定吧！

B じゃんけんぽん！

ja.n.ke.n.po.n.

剪刀石頭布。

A やった！僕の勝ち。

ya.tta./bo.ku.no.ka.chi.

耶！我贏了！

track 136

▶ 雨後の筍。

うご たけのこ

u.go.no.ta.ke.no.ko.

雨後春筍。

說明

和中文成語中的「雨後春筍」同義，比喻類似的事物接二連三的出現。

會話

A こんな場所にもビルができたんだ。（ばしょ）

ko.n.na.ba.sho.ni.mo./bi.ru.ga.de.ki.ta.n.da.

這裡也蓋了大樓了啊。

B ほんとだ。

ho.n.to.da.

真的耶。

A このところ雨後の筍のように、どんどん新しいビルができるの。（うご たけのこ あたら）

ko.no.to.ko.ro./u.go.no.ta.ke.no.ko.no.yo.u.ni./do.n.do.n./a.ta.ra.shi.i.bi.ru.ga./de.ki.ru.no.

現在新大樓就像雨後春筍一般的到處都出現了。

B そうだよね。

so.u.da.yo.ne.

就是說啊。

▶ 上の空。

u.wa.no.so.ra.

心不在焉。

說 明

被其他的事情吸引住，完全無法集中的樣子。

類 句

ぼうっとする。

bo.u.tto.su.ru.

發呆。

會 話

A ねえ、愛子。聴いてる。

ne.e./a.i.ko./ki.i.te.ru.

欸，愛子，你在聽嗎？

B え、何？

e./na.ni.

疑，什麼？

A 今日の愛子何を言っても上の空だよ！

kyo.u.no.a.i.ko./na.ni.o.i.tte.mo./u.wa.no.so.ra.da.yo.

今天我跟你說什麼，你都好像都心不在焉！

track 137

▶ 親(おや)のすねをかじる。

o.ya.no.su.ne.o./ka.ji.ru.

靠父母生活。

說　明

孩子到了可以自立的年紀了，卻不肯自立更生，而是靠父母親生活，就像在啃父母的小腿一般。

會　話

Ⓐ 自分(じぶん)のほしいものが何(なん)でも買(か)えればいいのに。

ji.bu.n.no.ho.shi.i.mo.no.ga./na.n.de.mo.ka.e.re.ba./i.i.no.ni.

要是可以想買什麼就買什麼就好了。

Ⓑ そうだよね。

so.u.da.yo.ne.

就是說啊。

Ⓐ でも、親(おや)のすねをかじっているうちはあきらめなきゃ。

de.mo./o.ya.no.su.ne.o./ka.ji.tte.i.ru./u.chi.wa./a.ki.ra.me.na.kya.

可是，我們現在還得靠父母親生活，所以也只好放棄這種想法。

• track 137

▶ 借りてきた猫。

ka.ri.te.ki.ta.ne.ko.

格外的安份守己。

說明

在以前，老鼠還很猖獗，於是就會向有養貓的人家借貓來捉老鼠。但是貓是很怕生的動物，到了陌生的地方，就變得畏畏縮縮的。於是就用「借りてきた猫」來形容一個人和平常的時候不同，突然變得很安靜。

會話

A どうぞお上がりください。

do.u.zo./o.a.ga.ri.ku.da.sa.i.

請進。

B お邪魔します。

o.ja.ma.shi.ma.su.

打擾了。

A あら、愛子ちゃん今日なぜか借りてきた猫みたいに口数が少ないね。どうしたの。

a.ra./a.i.ko.cha.n./kyo.u.na.ze.ka./ka.ri.te.ki.ta.ne.ko.mi.ta.i.ni./ku.chi.ka.zu.ga.su.ku.na.i.ne./do.u.shi.ta.no.

疑，愛子你今天特別的安靜，話也特別少，怎麼了嗎？

track 138

▶ 気がおけない。

ki.ga.o.ke.na.i.

不用拘束。

說明

不用在意小細節，自由的和對方交往的意思。

類句

気の置けない。

ki.no.o.ke.na.i.

不必拘束。

會話

Ⓐ こんにちは。

ko.n.ni.chi.wa.

你好。

Ⓑ よくきたね。

yo.ku.ki.ta.ne.

你來啦！

Ⓒ はい、ジュースとケーキ、どうぞ。

ha.i./ju.u.su.to./ke.e.ki./do.u.zo.

這是果汁和蛋糕，請用。

Ⓐ 愛子ちゃんちって気が置けないなあ。

a.i.ko.cha.n.chi.tte./ki.ga.o.ka.na.i.na.a.

在愛子家真好，都不用感到拘束。

• track 138

▶ 気が気でない。

ki.ga.ki.de.na.i.

擔心得坐立難安。

説　明

非常擔心，而顯得坐立難安時，可以用這句話來形容。

類　句

気にかかる。

kii.ni.ka.ka.ru.

很在意。

會　話

A 怪我をしたらしいときかされ、授業中も気が気でなかった。大丈夫？

ke.ga.o.shi.ta.ra.shi.i./to.ki.ka.sa.re./ju.gyo.u.chu.u.mo./ki.ga.ki.de.na.ka.tta./da.i.jo.u.bu.

聽説你受傷了，讓我上課也無法專心，你沒事吧？

B うん、もう大丈夫だ。ありがとうね。

u.n./mo.u.da.i.jo.u.bu.da./a.ri.ga.to.u.ne.

嗯，已經沒事了，謝謝。

▶ 肝(きも)をつぶす。

ki.mo.o.tsu.bu.su.

嚇破膽。

說　明

受到非常大的驚嚇。

類　句

たまげる

ta.ma.ge.ru.

嚇一跳

度肝(どぎも)を抜(ぬ)かれる

do.gi.mo.o./nu.ka.re.ru.

嚇得魂都飛了

會　話

Ⓐ うわ、怖(こわ)いよ。

u.wa./ko.wa.i.yo.

哇！好可怕喔！

Ⓑ 大丈夫(だいじょうぶ)、パパはここにいるから。

da.i.jo.u.bu./pa.pa.wa./ko.ko.ni.i.ru.ka.ra.

沒關係，有爸爸在。

Ⓐ さっきのが怖(こわ)くて肝(きも)をつぶしたよ。

sa.kki.no.ga./ko.wa.ku.te./ki.mo.o.tsu.bu.shi.ta.yo.

剛剛真是太可怕了，讓我嚇破膽。

● track 139

▶ 口(くち)が軽(かる)い。

ku.chi.ga.ka.ru.i.

大嘴巴。

說 明

隨便就把別人的祕密說出去，嘴巴一點都不牢靠，可以用這句話來形容。相反詞是「口が堅い」。

會 話

A あなた、ひどいよ。

a.na.ta./hi.do.i.yo.

你很過分耶！

B 何(なに)？

na.ni.

怎麼了嗎？

A あれだけ強(つよ)く言(い)ったのに、私(わたし)の秘密(ひみつ)をみんなの前(まえ)で話(はな)してたんでしょう。あなた本当口(ほんとうぐち)が軽(かる)すぎるよ。

a.re.da.ke./tsu.yo.ku.i.tta.no.ni./wa.ta.shi.no.hi.mi.tsu.o./mi.n.na.no.ma.e.de./ha.na.shi.te.ta.n.de.sho.u./a.na.ta./ho.n.to.u.ku.chi.ga.ka.ru.su.gi.ru.yo.

我明明就特別叮嚀過，你還是把我的祕密告訴大家了，你真是大嘴巴耶！

B ごめん。

go.me.n.

對不起。

track 140

心を鬼にする。

ko.ko.ro.o./o.ni.ni.su.ru.

狠下心。

說明

雖然覺得對方很可憐，但為了對方著想，還是狠下心腸用嚴厲的態度對待。

會話

A ちゃんと勉強しなさい！

cha.n.to./be.n.kyo.u.shi.na.sa.i.

好好用功念書！

B まあまあ、そんなにがみがみ言わなくても。

ma.a.ma.a./so.n.na.ni./ga.mi.ga.mi.i.wa.na.ku.te.mo.

唉呀，不用這麼嚴格嘛！

C そう、そう。

so.u.so.u.

就是說啊。

A 私がこの子のことを考えて心を鬼にして怒ってるんです。

wa.ta.shi.ga./ko.no.ko./no.ko.to.o./ka.n.ga.e.te./ko.ko.ro.o./o.ni.ni.shi.te./o.ko.tte.ru.n.de.su.

我是為了這孩子著想，才狠下心腸生氣的。

• track 140

▶ ゴマをする。

go.ma.o.su.ru.

拍馬屁。

說 明

為了自己的利益而拍對方馬屁。

會 話

A お母さん今日もきれいだよね。

o.ka.a.sa.n./kyo.u.mo.ki.re.i.da.yo.ne.

媽媽今天也很美耶！

B 料理もうまいし。

ryo.u.ri.mo.u.ma.i.shi.

做的菜又很好吃。

A うん、こんな家族で私たち幸せよね。

u.n./ko.n.na.ka.zo.ku.de./wa.ta.shi.ta.chi./shi.a.wa.se.yo.ne.

嗯，能有這樣的家人，我們真是太幸福了！

C いくらゴマをすっても旅行は行かないね。

i.ku.ra./go.ma.o.su.tte.mo./ryo.ko.u.wa./i.ka.na.i.ne.

再怎麼拍馬屁，也不可能帶你們去旅行喔！

track 141

▶しのぎを削（けず）る。

shi.no.gi.o.ke.zu.ru.

競爭激烈。

說明

競爭十分激烈的樣子。

類句

火花（ひばな）を散（ち）らす。

hi.ba.na.o./chi.ra.su.

競爭激烈。

會話

A 絶対（ぜったい）あなた間違（まちが）ってるよ。

ze.tta.i./a.na.ta.ma.chi.ga.tte.ru.yo.

一定是你錯。

B いや、お前（まえ）のほうがおかしい。

i.ya./o.ma.e.no.ho.u.ga./o.ka.shi.i.

不，你的想法才奇怪。

C まあ、二人（ふたり）とももっと違（ちが）うことでしのぎを削（けず）ったほうがいいよ。

ma.a./fu.ta.ri.to.mo./mo.tto./chi.ga.u.ko.to.de./shi.no.gi.o.ke.zu.tta./ho.u.ga.i.i.yo.

唉呀，兩個人還是把爭論的力氣放在其他有用的地方吧！

▶ 郷に入っては郷に従え。

go.u.ni.i.tte.wa./go.u.ni.shi.ta.ga.e.

入境隨俗。

說　明

這句話和中文中的「入境隨俗」相同，表示到了異地，就要學習對方的習慣，以融入當地的生活。

會　話

A 陳さん、お客様が話していらっしゃるとき、ちょっとうなずいたり、「はい」とか「なるほど」とか、相槌を打ったほうがいいですよ。

chi.n.sa.n./o.kya.ku.sa.ma.ga./ha.na.shi.te.i.ra.ssha.ru.to.ki./cho.tto.u.na.zu.i.ta.ri./ha.i./to.ka./na.ru.ho.do.to.ka./a.i.zu.chi.o.u.tta.ho.u.ga./i.i.de.su.yo.

陳先生，客人在說話的時候，可以稍微點個頭，或是說些「是啊」「原來如此」來答腔，會比較好喔！

B そうですか。私の国とは違うんですね。

so.u.de.su.ka./wa.ta.shi.no.ku.ni.to.wa./chi.ga.u.n.de.su.ne.

這樣子啊，這和我國家的習慣不同呢！

Ⓐ でも「郷に入っては郷に従え」というでしょ。

de.mo./go.u.ni.i.tte.wa./go.u.ni.shi.ta.ga.e./to.i.u.de.sho.

俗話不是說「入境隨俗」嗎。

Ⓑ ああ、そうですね。分かりました。これから気をつけます。

a.a./so.u.de.su.ne./wa.ka.ri.ma.shi.ta./ko.re.ka.ra./ki.o.tsu.ke.ma.su.

你說得對。我了解了，從今後我會注意的。

track 142

▶ 太鼓判を押す。

ta.i.ko.ba.n.o./o.su.

絕對沒錯。

說 明

表示絕對沒錯，斬釘截鐵是如此。

類 句

折り紙をつける

o.ri.ga.mi.o./tsu.ke.ru.

保證是如此

會 話

Ⓐ 私も何かの日本一になってみたいなあ。

wa.ta.shi.mo./na.ni.ka.no./ni.ho.n.i.ch.ni./na.tta.mi.ta.i.na.a.

我也好想變成什麼的日本第一。

Ⓑ 大食いでなら日本一になれるんじゃない？

o.o.gu.i.de.na.ra./ni.ho.n.i.chi.ni.ra.re.ru.n./ja.na.i.

如果是大食量的話，你就可以當日本第一啦！

Ⓐ えっ？日本一？

e./ni.ho.n.i.chi.

是嗎？我可以當日本第一？

Ⓑ うん、私が太鼓判を押すよ。

u.n./wa.ta.shi.ga./ta.i.ko.ba.n.o./o.su.yo.

嗯嗯，絕對可以的，我向你保證。

track 143

▶ 台無(だいな)しにする。

da.i.na.shi.ni.su.ru.

斷送了。／糟蹋了。

說　明

比喻事物完全沒有希望了，前功盡棄。

會　話

A 今日(きょう)は道(みち)で転(ころ)んじゃった。新(あたら)しいワンピースが台無(だいな)し…。

kyo.u.wa./mi.chi.de./ko.ro.n.ja.tta./a.ta.ra.shi.i./wa.n.pi.i.su.ga./da.i.na.shi.

今天在路上跌倒，新買的連身裙都毀了。

B 大丈夫(だいじょうぶ)よ、洗(あら)えば落(お)ちるわ。

da.i.jo.u.bu.yo./a.ra.e.ba.o.chi.ru.wa.

沒關係，洗一洗就乾淨了。

A でもペンキつけちゃったよ。

de.mo./pe.n.ki.tsu.ke.cha.tta.yo.

可是沾到油漆了。

B えっ、それは台無(だいな)しになった。

e./so.re.wa./da.i.na.shi.ni.na.tta.

欸？那就沒辦法了。

• track 143

▶ 高をくくる。

ta.ka.o.ku.ku.ru.

輕忽。

説 明

輕物事情的重要性，太過大意。

會 話

A 明日テストでしょう。勉強しなくていいの？

a.shi.ta.te.su.to.de.sho.u./be.n.kyo.u.shi.na.ku.te./i.i.no.

明天就要考試了，不念書可以嗎？

B 大丈夫、自信があるんだ。

da.i.jo.u.bu./ji.shi.n.ga.a.ru.n.da.

沒問題，我有信心。

A そうやって高をくくってるとろくなことないよ。

so.u.ya.tte./ta.ka.o.ku.ku.tte.ru.to./ro.ku.na.ko.to.na.i.yo.

太輕忽的話沒有好下場喔！

track 144

▶竹を割ったよう。

ta.ke.o./wa.tta.yo.u.

爽快不拘小節。

說　明

比喻人做事十分的爽快，不會拘泥小細節。

會　話

A 今日日直だけど用事があるんだ。

kyo.u./ni.ccho.ku.da.ke.do./yo.u.ji.ga./a.ru.n.da.

今天輪到我值日，可是我今天有事。

B じゃあ、代わってやるよ。

ja.a./ka.wa.tte.ya.ru.yo.

那我幫你吧！

A 悪いな。

wa.ru.i.na.

不好意思。

B そんな細かいことを気にしなくてもいい。

so.n.na.ko.ma.ka.i.ko.to.o./ki.ni.shi.na.ku.te.mo.i.i.

不用在意這種小事啦！

A 大橋君って、竹を割ったような性格だよな。

o.o.ha.shi.ku.n.tte./ta.ke.o.wa.tta.yo.u.na./se.i.ka.ku.da.yo.na.

大橋同學真是爽快不拘小節。

●track 144

▶ 棚に上げる。

ta.na.ni.a.ge.ru.

避重就輕。

說　明

將對自己不利的事情擱置在一旁，盡量不去碰觸。

會　話

Ⓐ もう十時だ。早く寝ろ。

mo.u.ju.u.ji.da./ha.ya.ku.ne.ro.

已經十點了，快點去睡。

Ⓑ もうちょっとね、終わったらすぐ寝る。

mo.u.cho.tto.ne./o.wa.tta.ra.su.gu.ne.ru.

再一下下，等結束了我就去睡。

Ⓐ 早く！

ha.ya.ku.

快一點！

Ⓑ うるさいなあ、おにいちゃんは、自分のことは棚に上げて早く早くって。私が寝た後、遅くまでテレビを見てるくせに。

u.ru.sa.i.na.a./o.ni.i.cha.n.wa./ji.bu.n.no.ko.to.wa./ta.na.ni.a.ge.te./ha.ya.ku.ha.ya.ku.tte./wa.ta.shi.ga.ne.ta.a.to./o.so.ku.ma.de./te.re.bi.wo.mi.te.ru.ku.se.ni.

真囉嗦！哥哥你也不管管自己，還叫我快一點。明明我睡了之後，你自己都看電視到很晚。

▶ 玉にきず。

ta.ma.ni.ki.zu.

美中不足。

說　明

就像一塊美玉上面有著小瑕疵，用來比喻人事物美中不足。

會　話

Ⓐ 玉ちゃんはかわいいよね。

ta.ma.cha.n.wa./ka.wa.i.i.yo.ne.

小玉真可愛呢！

Ⓑ うん、でも気が強いのが玉にきずだなあ。

u.n./de.mo./ki.ga.tsu.yo.i.no.ga./ta.ma.ni.ki.zu.da.na.a.

嗯，但是美中不足的是太強勢了。

會　話

Ⓐ 恵美ちゃんは優しくて頭もいいよね。

e.mi.cha.n.wa./ya.sa.shi.ku.te./a.ta.ma.mo.i.i.yo.ne.

惠美不但溫柔，又很聰明。

Ⓑ でも、そそっかしいのが玉にきずだ。

de.mo./so.so.kka.shi.i.no.ga./ta.ma.ni.kio.zu.da.

可惜美中不足的是冒冒失失的。

• track 145

▶ 嘘つきは泥棒の始まり。

u.so.tsu.ki.wa./do.ro.bo.u.no./ha.ji.ma.ri.

說謊是當賊的開始。

說　明

如果毫不在乎的說謊，良心就容易受到蒙蔽，可能會做出更嚴重的竊盜行為。剛開始可能只是微不足道的事情，但漸漸的就會變得嚴重起來。

會　話

Ⓐ 私のケーキを食べたのはあなたでしょう。

wa.ta.shi.no./ke.e.ki.o./ta.be.ta.no.wa./a.na.ta.de.sho.u.

是你偷吃了我的蛋糕吧！

Ⓑ 知らないよ。

shi.ra.na.i.yo.

不關我的事啦！

Ⓐ 正直に言いなさい。嘘つきは泥棒の始まりよ。

sho.u.ji.ki.ni./i.i.na.sa.i./u.so.tsu.ki.wa./do.ro.bo.u.no.ha.ji.ma.ri.yo.

最好誠實一點，說謊是當賊的開始喔！

▶ 親(おや)の心(こころ)子(こ)知(し)らず。

o.ya.no.ko.ko.ro./ko.shi.ra.zu.

子女不懂父母苦心。

說 明

孩子不懂父母的深情及關懷，而總是任性而為。除了用在親之子間，在朋友、師生之間，也同樣可以看到相同的情形。

類 句

子(こ)を持(も)って知(し)る親(おや)の恩(おん)。

ko.o.mo.tte.shi.ru./o.ya.no.o.n.

養兒方知父母恩。

會 話

Ⓐ 雨(あめ)が降(ふ)りそうだ。傘(かさ)を持(も)っていきなさい。

a.me.ga.fu.ri.so.u.da./ka.sa.o./mo.tte.i.ki.na.sa.i.

好像要下雨了，把雨傘帶去吧。

Ⓑ いやだ。めんどくさいから。

i.ya.da./me.n.do.ku.sa.i.ka.ra.

不要，太麻煩了。

Ⓐ まったく。親(おや)の心(こころ)子(こ)知(し)らずなんだから。

ma.tta.ku./o.ya.no.ko.ko.ro./ko.shi.ra.zu.na.n.da.ka.ra.

做子女的真不懂父母的苦心。

• track 146

▶ 手(て)を抜(ぬ)く。

te.o.nu.ku.

偷懶。

說明

省略非做不可的步驟，隨便做做。

類句

いいかげんにやる。

i.i.ka.ge.n.ni.ya.ru.

隨便弄弄。

會話

Ⓐ まだできないの？ちょっとは手(て)を抜(ぬ)けば？

ma.da.de.ki.na.i.no./cho.tto.te.o.nu.ke.ba.

還沒好嗎？要不要稍微偷懶一點省些步驟。

Ⓑ だめだ！

da.me.da.

不行！

track 147

▶ 峠を越す。

とうげ　こ

to.u.ge.o.ko.su.

過了高峰。／渡過危險。

說　明

比喻事情已經過了高峰，開始衰退。通常用在比喻不好的事情。

類　句

危機を脱する。

き き　だっ

ki.ki.o./da.ssu.ru.

渡過危機。

會　話

A やった、停電直った。

ていでんなお

ya.tta./te.i.de.n.na.o.tta.

耶！電來了。

B 台風も峠を越したようだね。

たいふう　とうげ　こ

ta.i.fu.u.mo./to.u.ge.o./ko.shi.ta.yo.u.da.ne.

颱風最強的時候好像也已經過去了。

track 147

▶ 長い目で見る。

na.ga.i.me.de.mi.ru.

長遠看來。

說　明

對事情先暫不下結論，而是將眼光放眼，觀察未來的變化。

會　話

Ⓐ こちらのたんすはいかがでしょうか？

ko.chi.ra.no./ta.n.su.wa./i.ka.ga.de.sho.u.ka.

這個櫃子怎麼樣呢？

Ⓑ こりゃ高いの。

ko.rya.ta.ka.i.no.

這個很貴呢！

Ⓐ でも、品質はしっかりしておりますし、長い目で見ればお得ですよ。

de.mo./hi.n.shi.tsu.wa./shi.kka.ri.shi.te./o.ri.ma.su.shi./na.ga.i.me.de./mi.re.ba./o.to.ku.de.su.yo.

可是，這個櫃子的品質很好，以長遠的眼光看來，是很值得的。

track 148

▶ 猫(ねこ)の手(て)も借(か)りたい。

ne.ko.no.te.mo./ka.ri.ta.i.

忙得不得了。

說　明

比喻十分的忙碌人手不足，忙到想要向家中的貓借手。

類　句

目(め)が回(まわ)る。

me.ga.ma.wa.ru.

忙得團團轉。

會　話

Ⓐ 今日(きょう)も忙(いそが)しかった？

kyo.u.mo./i.so.ga.shi.ka.tta.

今天也很忙嗎？

Ⓑ うん、猫(ねこ)の手(て)も借(か)りたいほど。

u.n./ne.ko.no.te.mo.ka.ri.ta.i.ho.do.

對啊，忙得不得了。

● track 148

▶ 根も葉もない。

ne.mo.ha.mo.na.i.

無憑無據。

說　明

沒有任何根據的事情。

會　話

Ⓐ 真里菜ちゃんって、卓也君と付き合ってるの？

ma.ri.na.cha.n.tte./ta.ku.ya.ku.n.to./tsu.ki.a.tte.ru.no.

真里菜你和卓也在交往嗎？

Ⓑ そんな、根も葉もないうわさだよ。

so.n.na./ne.mo.ha.mo.na.i./u.wa.sa.da.yo.

哪有這種事，那是無憑無據的流言啦！

會　話

Ⓐ 来週日本に転勤するって、本当？

ra.i.shu.u.ni.ho.n.ni./te.n.ki.n.su.ru.tte./ho.n.to.u.

聽説你下週就要調職到日本了，真的嗎？

Ⓑ そんな、根も葉もないうわさだよ。

so.n.na./ne.mo.ha.mo.na.i./u.wa.sa.da.yo.

沒這回事，那是沒憑沒據的謠言。

track 149

▶ 歯が立たない。

ha.ga.ta.ta.na.i.

無法抗衡。

說　明

牙齒無法咬下，表示對手的實力太強，自己根本不是對手。

會　話

Ⓐ 私が絵を描いてみたよ。見て。

wa.ta.shi.ga./e.o.ka.i.te.mi.ta.yo./mi.te.

我剛剛試畫了一張畫，你看看。

Ⓑ うまい！私の絵では幸子に歯が立たない。

u.ma.i./wa.ta.shi.no.e.de.wa./sa.chi.ko.ni./ha.ga.ta.ta.na.i.

畫得真好！我的畫根本比不上幸子你畫的。

會　話

Ⓐ 春日くんは僕より背が高く、運動では歯が立たないなあ。

ka.su.ga.ku.n.wa./bo.ku.yo.ri./se.ga.ta.ka.ku./u.n.do.u.de.wa./ha.ga.ta.ta.na.i.na.a.

春日長得比我高，在運動方面我是贏不了他的。

Ⓑ でも、勉強ならあなたのほうが上だから、いいのよ。

de.mo./be.n.kyo.u.na.ra./a.na.ta.no.ho.u.ga.u.e.da.ka.ra./i.i.no.yo.

不過，念書的話，你比較厲害啊，這樣扯平了吧！

• track 149

▶ 話(はなし)に花(はな)が咲(さ)く。

ha.na.shi.ni./ha.na.ga.sa.ku.

聊得起勁。

說　明

話題一個接一個不間斷，天南地北的聊。

會　話

Ⓐ あ、お帰(かえ)りなさい。

a./o.ka.e.ri.na.sa.i.

啊，你回來啦！

Ⓑ ただいま。

ta.da.i.ma.

我回來了。

Ⓐ 今日(きょう)は遅(おそ)いね。

kyo.u.wa./o.so.i.ne.

今天有點晚呢！

Ⓑ ごめんね、遅(おそ)くなって。友達(ともだち)と昔話(むかしばなし)に花(はな)がさいて、二次会(にじかい)まで行(い)っちゃったの。

go.me.n./o.so.ku.na.tte./to.mo.da.chi.to./mu.ka.shi.ba.na.shi.ni./ha.na.ga.sa.i.te./ni.ji.ka.i.ma.de./i.ccha.tta.no.

回來晚了對不起，和朋友聊起往事就說個沒完，還去續攤。

track 150

▶ 鼻(はな)が高(たか)い。

ha.na.ga.ta.ka.i.

引以為傲。

說明

很得意、驕傲的樣子。

類句

肩身(かたみ)が広(ひろ)い。

ka.ta.mi.ga.hi.ro.i.

志得意滿。

會話

Ⓐ 大学(だいがく)に合格(ごうかく)した！

da.i.ga.ku.ni./go.u.ka.ku.shi.ta.

我考上大學了！

Ⓑ おめでとう。新太君(しんたくん)みたいな孫(まご)がいて、私(わたし)も鼻(はな)が高(たか)いわ。

o.me.de.to.u./shi.n.ta.ku.n.mi.ta.i.na./ma.go.ga.i.te./wa.ta.shi.mo.ha.na.ga./ta.ka.i.wa.

恭喜！有新太你這樣的孫子，我也引以為傲。

• track 150

▶ 羽(はね)を伸(の)ばす。

ha.ne.o.no.ba.su.

自由自在。

說 明

少了拘束之後，可以自由的做想做的事情的樣子。

會 話

A 先生(せんせい)が用事(ようじ)があって、今日(きょう)は自習(じしゅう)です。

se.n.se.i.ga./yo.u.ji.ga.a.tte./kyo.u.wa./ji.shu.u.de.su.

老師因為有事，所以今天就自修吧！

B はい。

ha.i.

好。

A 先生(せんせい)がいなくても羽(はね)を伸(の)ばさず勉強(べんきょう)しなさいね。

se.n.se.i.ga./i.na.ku.te.mo./ha.ne.o.no.ba.sa.zu./be.n.kyo.u.shi.na.sa.i.ne.

就算老師不在，也會可以太自由喔，要好好念書。

▶ はらわたが煮えくり返る。

ha.ra.wa.ta.ga./ni.e.ku.ri.ka.e.ru.

火大。

說　明

太生氣了，無法抑制怒火。

會　話

A あら、あれ紀美子さんの弟さんじゃない？

a.ra./a.re.ki.mi.ko.sa.n.no./o.to.u.to.sa.n.ja.na.i.

啊，那不是紀美子同學的弟弟嗎？

B ふん、顔見たらはらわたが煮えくり返るわ！行こうよ！

fu.n./ka.o.mi.ta.ra./ha.ra.wa.ta.ga./ni.e.ku.ri.ka.e.ru.wa./i.ko.u.yo.

哼！看到那張臉我就火大，我們走吧！

A 何があったの？

na.ni.ga.a.tta.no.

怎麼了嗎？

track 151

▶ 膝(ひざ)を交(まじ)える。

hi.za.o./ma.ji.e.ru.

促膝長談。

說明

和親近的人長談。

會話

A やあ、いらっしゃい。

ya.a./i.ra.ssha.i.

啊，歡迎歡迎。

B お邪魔(じゃま)します。

o.ja.ma.shi.ma.su.

打擾了。

A 今日(きょう)は膝(ひざ)を交(まじ)えてじっくり話(はな)し合(あ)いましょう。

kyo.u.wa./hi.za.o.ma.ji.e.te./ji.kku.ri./ha.na.shi.a.i./ma.sho.u.

今天就讓我們促膝長談吧。

track 152

▶ 火の消えたよう。

hi.no.ki.e.ta.yo.u.

變得安靜。

說明

突然變得十分的安靜，失去了活力，十分寂寞的樣子。

會話

Ⓐ お姉ちゃんがいなくて寂しいなあ。

o.ne.cha.n.ga./i.na.ku.te./sa.bi.shi.i.na.a.

姊姊不在真是寂寞啊！

Ⓑ まるで火の消えたようだ。

ma.ru.de.hi.no.ki.e.ta.yo.u.da.

就好像活力消失了一樣呢！

會話

Ⓐ 今日は静かだね。

kyo.u.wa./shi.zu.ka.da.ne.

今天還真安靜呢！

Ⓑ ええ、恵美ちゃんがおじいちゃんの家に泊まりに行って、うちが火の消えたようになった。

e.e./e.mi.cha.n.ga./o.ji.i.cha.n.no.i.e.ni./to.ma.ri.ni.i.tte./u.chi.ga.hi.noki.e.ta.yo.u.ni./na.tta.

嗯，因為惠美去爺爺家住了，家裡變得很安靜。

• track 152

▶ 百(ひゃく)も承知(しょうち)。

hya.ku.mo.sho.u.chi.

完全了解。

說 明

十分透澈的了解。

會 話

A 女(おんな)の子(こ)をほっといて逃(に)げるなんてひどいよ。

o.n.na.no.ko.o./ho.tto.i.te./ni.ge.ru.na.n.te./hi.do.i.yo.

留女孩子一個人自己逃跑真過分！

B ごめん、怖(こわ)すぎて…。僕(ぼく)はなんて弱虫(よわむし)なんだ。

go.me.n./ko.wa.su.gi.te./bo.ku.na.n.te./yo.wa.mu.shi.na.n.da.

對不起，因為太可怕了。我真的是很懦弱。

A あなたが弱虫(よわむし)だってことはみんな百(ひゃく)も承知(しょうち)だ。

a.na.ta.ga./yo.wa.mu.shi.da.tte./ko.to.wa./mi.n.na./hya.ku.mo.sho.u.chi.da.

你很懦弱這件事，大家都很了解啊！

B みんな？そんな大(おお)げさだ。

mi.n.na./so.n.na.o.o.ge.sa.da.

大家？你也太誇張了吧！

track 153

▶ふいになる。

fu.i.ni.na.ru.

努力卻落空。

說明

比喻付出了努力的事情，最後卻是一場空。

會話

Ⓐ テストが中止(ちゅうし)になって、勉強(べんきょう)はふいになった…。

te.su.to.ga.chu.u.shi.ni.na.tte./be.n.kyo.u.wa./fu.i.ni.na.tta.

考試取消了，付出的努力都白廢了…

Ⓑ 仕方(しかた)がないよ、先生(せんせい)が風邪(かぜ)を引(ひ)いたんだから。

shi.ka.ta.ga.na.i.yo./se.n.se.i.ga./ka.ze.o.hi.i.ta.n.da.ka.ra.

沒辦法，老師感冒了嘛。

例句

例 厳(きび)しい練習(れんしゅう)をつんだのに、負(ま)けてしまった。今(いま)までの苦労(くろう)がふいになり、悔(くや)しい！

ki.bi.shi.i.re.n.shu.u.o./tsu.n.da.no.ni./ma.ke.te.shi.ma.tta./i.ma.ma.de.no.ku.ro.u.ga./fu.i.ni.na.ri./ku.ya.shi.i.

經過了那麼嚴格的練習，竟然輸了。付出的努力都白廢了，真不甘心！

● track 153

▶ 腑に落ちない。

fu.ni.o.chi.na.i.

不能認同。

說明

表示對於事情的結果或說法不能心服口服。

類句

合点がいかない。

ga.tte.n.ga./i.ka.na.i.

不能認同。

會話

Ⓐ この映画、面白かったね。

ko.no.e.i.ga./o.mo.shi.ra.ka.tta.ne.

這部電影，很有趣呢！

Ⓑ うん、でも最後はちょっと…

u.n./de.mo./sa.i.go.wa.cho.tto.

嗯，可是最後有點…

Ⓐ そうよね、あの女が犯人だというが、どうにも腑に落ちないなあ。

so.u.yo.ne./a.no.o.n.na.ga./ha.n.ni.n.da.to.i.u.ga./do.u.ni.mo./fu.ni.o.chi.na.i.na.a.

對啊，那女的是犯人的事，讓人無法認同呢！

track 154

▶ へそを曲げる。

he.so.o.ma.ge.ru.

鬧脾氣。

說　明

心情不好鬧脾氣的樣子。。

類　句

つむじを曲げる。

tsu.mu.ji.o.ma.ge.ru.

鬧脾氣。

會　話

Ⓐ 奈々子もダイエットしたほうがいいよ。

na.na.ko.mo./da.i.e.tto.shi.ta.ho.u.ga.i.i.yo.

奈奈子你最好減肥囉！

Ⓑ ひどい！じゃあ、今日のばんごはんはなしだ。

hi.do.i./ja.a./kyo.u.no.ba.n.go.ha.n.wa./na.shi.da.

真過分！那今天就不要吃晚飯了！

Ⓐ 何だよ、小さいことでへそ曲げやがって！

na.n.da.yo./chi.i.sa.i.ko.to.de./he.so.ma.ge.ya.ga.tte.

幹嘛這樣，為了點小事鬧脾氣！

▶ ほおが落ちる。

ho.o.ga.o.chi.ru.

好吃得不得了。

說　明

形容東西十分好吃，就像臉頰都要掉下來了一樣。

會　話

Ⓐ 今日はフルコースを用意したよ。

kyo.u.wa./fu.ru.ko.o.su.o./yo.u.i.shi.ta.yo.

今天準備了滿漢全席喔！

Ⓑ やった！いただきます。

ya.tta./i.ta.da.ki.ma.su.

耶！開動了！

Ⓐ おいしかった？

o.i.shi.ka.tta.

好吃嗎？

Ⓑ うん、おいしくてほおが落ちそうだったよ。

u.n./o.i.shi.ku.te./ho.o.ga.o.ch.so.u.da.tta.yo.

嗯，好吃得不得了。

track 155

▶ 骨(ほね)が折(お)れる。

ho.ne.ga.o.re.ru.

十分辛苦。

說明

比喻十分辛苦的樣子。

會話

A ただいま。

ta.da.i.ma.

我回來了。

B お帰(かえ)りなさい。

o.ka.e.ri.na.sa.i.

歡迎回來。

A 今日(きょう)はずいぶん歩(ある)いて疲(つか)れたね。

kyo.u.wa./zu.i.bu.n.a.ru.i.te./tsu.ka.re.ta.ne.

今天走了好多路，真是累。

B 大丈夫(だいじょうぶ)？

da.i.jo.u.bu.

你還好吧？

A ええ、年(とし)をとると何(なに)をやっても骨(ほね)が折(お)れるねえ。

e.e./to.shi.o.to.ru.to./na.ni.o.ya.tte.mo./ho.ne.ga.o.re.ru.ne.e.

嗯，年紀大了以後，不管做什麼都很辛苦呢！

● track 155

▶ 眉(まゆ)をひそめる。

ma.yu.o./hi.so.me.ru.

皺眉。

説　明

因為擔心或是不開心而皺起眉頭。

會　話

Ⓐ どうしたの？何(なに)に眉(まゆ)をひそめてるの？

do.u.shi.ta.no./na.ni.ni./ma.yu.o.hi.so.me.te.ru.no.

為什麼皺著眉頭呢？怎麼了嗎？

Ⓑ いや、べつに。

i.ya./be.tsu.ni.

沒有，沒什麼。

Ⓐ また頭(あたま)が痛(いた)いの？

ma.ta./a.ta.ma.ga./i.ta.i.no.

頭又在痛嗎？

Ⓑ ええ、がんがんしてる…。

e.e./ga.n.ga.n.shi.te.ru.

嗯，很痛。

track 156

水(みず)に流(なが)す。

mi.zu.ni.na.ga.su.

一筆勾銷。

說　明

將過去的恩怨都像流水一般流去，當作沒有發生。

會　話

A 二人(ふたり)とも仲直(なかなお)りしなよ。

fu.ta.ri.to.mo./na.ka.na.o.ri.shi.na.yo.

兩個人就和好吧！

B じゃあ、もし大橋君(おおはしくん)が謝(あやま)ったら、僕(ぼく)も水(みず)に流(なが)すよ。

ja.a./mo.shi.o.o.ha.shi.ku.n.ga./a.ya.ma.tta.ra./bo.ku.mo./mi.zu.ni.na.ga.su.yo.

那，如果大橋向我道歉的話，恩怨就一筆勾銷。

C 常田君(ときたくん)こそ謝(あやま)ったら、僕(ぼく)も水(みず)に流(なが)すよ！

ot.ki.ta.ku.n.ko.so./a.ya.ma.tta.ra./bo.ku.mo./mi.zu.ni.na.ga.su.yo.

常田你才是，你道歉的話，我就當這件事沒發生過。

A もう、けんかしたことは、お互(たが)い水(みず)に流(なが)せばいいのに。

mo.u./ke.n.ka.shi.ta.ko.to.wa./o.ta.ga.i./mi.zu.ni.na.ga.se.ba.i.i.no.ni.

真是的。你們就把吵架這件事當作沒發生就好了啊！

• track 156

▶ みもふたもない。

mi.mo.fu.ta.mo.na.i.

直接了當。

說　明

說話很直接，讓人無法接話。

會　話

A あなたみたいに背が低くちゃ、このスカートは似合わないわ。

a.na.ta.mi.ta.i.ni./se.ga.hi.ku.i.cha./ko.no.su.ka.a.to.wa./ni.a.wa.na.i.wa.

你長得這麼矮，這件裙子你不適合啦！

B そんなみもふたもない言い方しないで、ためしに着てみたら、ぐらい言いなさいよ。

so.n.na./mi.mo.fu.ta.mo.na.i./i.i.ka.ta.shi.na.i.de./ta.me.shi.ni./ki.te.mi.ta.ra./gu.ra.i.i.i.na.sa.i.yo.

不要說話這麼直接嘛！為什麼不說說：可以試看看呀！這種話呢？

例　句

例 そんな、みもふたもない言い方はひとをきずつけるって知ってる？

so.n.na./mi.mo.fu.ta.mo.na.i./i.i.ka.ta.wa./hi.to.wo.ki.zu.tsu.ke.ru.tte./shi.tte.ru.

你知道直接了當的說法會傷人的心嗎？

track 157

誰（だれ）ですか？

da.re.de.su.ka.

是誰？

說明

遇到了不認識的人，想要透過朋友詢問別人對方身分時，就可以用這句話來詢問。如果是要當面詢問不認識的人的身分時，就要用較禮貌的「どなたですか？」

類句

どなたですか？

do.na.ta.de.su.ka.

請問您是哪位呢？

例句

例 あの人（ひと）は誰（だれ）ですか？

a.no.hi.to.wa./da.re.de.su.ka.

那個人是誰？

例 教室（きょうしつ）には誰（だれ）がいましたか？

kyo.u.shi.tsu.ni.wa./da.re.ga./i.ma.shi.ta.ka.

教室裡有誰在？

例 誰（だれ）か助（たす）けて！

da.re.ka.ta.su.ke.te.

誰快來幫幫我啊！

• track 157

▶どこですか？

do.ko.de.su.ka.

在哪裡？

説 明

在問路或是迷路的時候，想要詢問想去的地方，或是目前身處何處時，就可以用這句話來表示。

例 句

例 ここはどこですか？

ko.ko.wa./do.ko.de.su.ka.

這裡是哪裡？

例 どこへ行ってきたの？

do.ko.e./i.tte.ki.ta.no.

你剛剛去哪裡了？

例 どこでもいい。

do.ko.de.mo.i.i.

哪裡都可以。

例 どこにもない。

do.ko.ni.mo.na.i.

到處都沒有。

▶どうやって？

do.u.ya.tte.

該怎麼做？／如何做？

說明

不曉得事情該用什麼樣的方式完成時，用這句話來詢問對方完成事情的方法。

例句

例 どうやってこの本(ほん)を手(て)に入(い)れたの？

do.u.ya.tte./o.no.ho.n.o./te.ni.i.re.ta.no.

你是怎麼得到這本書的？

例 どうやって行(い)きますか？

do.u.ya.tte./i.ki.ma.su.ka.

該怎麼去呢？

例 どうやって決(き)めるの？

do.u.ya.tte.ki.me.ru.no.

是怎麼決定的？

例 どうやって作(つく)るの？

do.u.ya.tte./tsu.ku.ru.no.

是怎麼做的？

• track 158

▶ 何（なに）？

na.ni.

什麼？

說 明

聽不清楚對方說話，或是不了解對方的意思時，就可以用這句話來詢問。此外也可以用來詢問不知道的事情。

類 句

何（なん）ですか？

na.n.de.su.ka.

有什麼事嗎？

例 句

例 これは何（なに）？

ko.re.wa./na.ni.

這是什麼？

例 何（なに）がほしいですか？

na.ni.ga.ho.shi.i.de.su.ka.

你想要什麼？

例 何（なに）やってんだよ。

na.ni.ya.tte.n.da.yo.

你在搞什麼！

例 何（なに）を買（か）うの？

na.ni.o./ka.u.no.

要買什麼呢？

track 159

いつですか？

i.tsu.de.su.ka.

什麼時候？

說明

想要詢問日期或是時間點的時候，就可以用這句話來表示。

例句

例 いつ出(で)かけようか？

i.tsu.de.ka.ke.yo.u.ka.

什麼時候出發呢？

例 いつ知(し)り合(あ)ったのですか？

i.tsu.shi.ri.a.tta.no.de.su.ka.

你們是什麼時候認識的？

例 ご都合(つごう)はいつがよろしいですか？

go.tsu.go.u.wa./i.tsu.ga./yo.ro.shi.i.de.su.ka.

請問您什麼時候方便？

例 会議(かいぎ)はいつですか？

ka.i.gi.wa./i.tsu.de.su.ka.

會議是什麼時候？

最快速的日語50音學習捷徑

中文發音輔助
用熟悉的中文發音貼近日語

羅馬標音加強
羅馬標音以利快速查詢

實用單字立即記憶
學50音同時增加字彙庫

應用短句觸類旁通
學習用日語進行會話

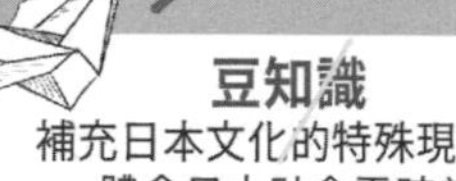

豆知識
補充日本文化的特殊現象，
體會日本社會零時差